GROETJES UIT ANDROMEDA

Bernauw, Patrick en Didelez, Guy
Groetjes uit Andromeda

Leuven, Davidsfonds/Infodok, 1998
88 p.; 21,5 cm
© 1998, Uitgeverij Davidsfonds/Infodok, Leuven
Blijde-Inkomststraat 79-81, 3000 Leuven
Gedrukt bij lannoo drukkerij nv, Tielt
Omslagillustratie: Anne Westerduin
Illustraties: Anne Westerduin
Omslagontwerp: Gregie de Maeyer
Vormgeving: Peer de Maeyer
D/1998/2952/34
ISBN 90 6565 887 4
Doelgroep: kinderen
NUGI 221

STICHTING NEDERLANDSE
KINDERJURY
1999

PATRICK BERNAUW
GUY DIDELEZ

Groetjes uit Andromeda

Met tekeningen van
ANNE WESTERDUIN

Davidsfonds/Infodok

KOORTS IN DE LUCHT
(EVA)

Woensdag 2 augustus. 38,7°C. Er hangt koorts in de lucht. De zon lijkt wel een...

Ja, waarop leek de zon nu eigenlijk? *Een gouden schijf?* Nee, zo zou de eerste de beste onbenul dat opschrijven. *Een roodgloeiend oog?* Mmm... Maar ogen waren altijd met z'n tweeën en er was maar één zon... Ik stak het uiteinde van mijn balpen in mijn mond en begon er nadenkend op te sabbelen.

'Een enorme jeneverneus, Eva!' blies er plots een stem in mijn oor.

Ik schrok zo hard dat ik met een gilletje opveerde en mijn dagboek uit mijn handen liet glippen. Het volgende ogenblik keek ik in de blinkende ogen van Raf. Hij stond me grinnikend te bekijken.

Raf was mijn achterbuurjongen. Door het gat in de beukenhaag achter in de tuin kon ik bij hem komen en hij bij mij.

'Ook geen gerust geweten, hé,' lachte Raf, en hij bukte zich om mijn dagboek op te rapen. Maar ik was een fractie sneller en pakte het schriftje zelf. Dat dagboek was van mij. Daar hoefde niemand zijn al dan niet enorme jeneverneus in te steken. Ook Raf niet, al was hij mijn beste vriend.

'Ik zal ook eens in jouw oor komen blazen! Eens zien hoe jij dan zult reageren!' antwoordde ik, bozer dan ik het eigenlijk bedoelde. Ik had nog altijd de bibber in mijn benen.

'Sorry, hé,' verontschuldigde hij zich, maar hij nam ondertussen wel mooi de vrijgekomen tuinstoel in. 'Verdorie, het plakt hier ook al van het zweet!'

'Ga dan in het gras liggen, als het je niet bevalt.'

'Nee nee, laat maar. Ik ben zelfs te loom om mijn been nog

op te heffen.' Moeizaam hief hij zijn rechterbeen een stukje omhoog, om het dan dof neer te laten ploffen op de bekleding van de tuinstoel. 'Zo'n hitte... en dan is het stedelijk zwembad vandaag nog gesloten ook!'

Ik kon hem geen ongelijk geven. Waarom moesten zwembaden altijd weer in de vakantie opgekalefaterd of grondig gepoetst worden? Omdat het personeel dan ook met vakantie kon gaan, veronderstelde ik, en omdat de verplichte zwemuurtjes van de scholen anders in het gedrang kwamen. Maar het bleef je reinste waanzin.

'Typisch Heerenbodegem,' zuchtte Raf. 'Hier leeft gewoon níks. Heb jij hier al een disco of een cinema gezien? We hebben hier zelfs geen fatsoenlijk jongerencafé! 't Is hier allemaal even grijs, te beginnen met de Heerenbodegemnaren zélf! Ooit een beroemde artiest of een sportvedette of zelfs gewoon maar een rare vogel gezien in Heerenbodegem? Met uitzondering van die ene maffe schrijver daar boven op zijn heuvel hebben we hier geen enkele BV! Geen enkele!'

'Dat is waar,' zei ik, 'en die ene mafkees kun je moeilijk een Bekende Vlaming noemen...'

'Weekendhuisjes, ja!' ging Raf door. 'En poepchique villa's met overwerkte, saaie boekhouders erin, die hier van de gezonde lucht komen genieten! Báh! En van de heerlijke rrrúst... aaarrrgh!'

Bij 'gezonde lucht' haalde hij zijn neus op alsof hij net had opgesnoven wat onze meester uit de vijfde klas de bijnaam 't Scheetje had bezorgd. En bij 'heerlijke rrrúst' liet hij zijn ogen wanhopig rollen, om er een zo mogelijk nog wanhopiger klinkende kreet op te laten volgen, die veel weg had van een reutel.

'In Heerenbodegem gebeurt nooit wat,' pufte hij. 'Geen geheimzinnige inbraken, geen spannende vechtpartijen, zelfs geen doodgewone moord zo af en toe. Maar ja, wat wil je, met zo'n vervaarlijke veldwachter in de buurt.'

Ik moest er onwillekeurig om glimlachen. Het laatste wapenfeit van onze veldwachter dateerde alweer van een maand of drie geleden, op de grote jaarlijkse kermis van Heerenbodegem, toen er zeker wel ácht kraampjes op het kerkplein stonden. Toen had hij twee dronken punkers op de bon gezwierd. Punkers, stel je voor! Met van die hanenkammen op hun hoofd en veiligheidsspelden door hun neus! Ja, de tijd was hier echt wel blijven stilstaan. Maar in het stamcafé van onze veldwachter was zijn heldhaftige daad nog altijd het gespreksonderwerp van de dag, als zijn vrienden - ook duivenmelkers - er vergaderden.

'Dus,' begon ik hem op te beuren, 'je verveelt je al de hele dag steendood?'

Raf knikte mistroostig.

'Misschien kunnen we wat badmintonnen? Het is zo goed als windstil.'

'Badmintonnen?' trok hij vol misprijzen zijn lip op. 'De pluimballen staan in brand als je ze te hoog in de lucht slaat!'

'Als we eens naar Carl fietsten?' stelde ik voor.

Carl was mijn grote broer. Hij was al achttien. Samen met zijn vriend Willy was hij zo'n beetje de baas van de VRB, de Vrije Radio Bode. Gelukkig dat we tenminste die hippe radio nog hadden in Heerenbodegem.

'Misschien kunnen we hem een beetje helpen. Wat toffe liedjes uitzoeken of zo. En het is er altijd lekker koel.'

De studio van de VRB was ondergebracht in een van de oudste huizen van Heerenbodegem, aan de rand van de bossen buiten het centrum. De muren van het huis waren niet opgetrokken uit baksteen, maar uit een dikke natuursteen. Het was er in de zomer dan ook altijd koeler dan elders.

'Mmm, daar zit wel wat in,' mompelde Raf. 'Ben je er zeker van dat Carl het niet vervelend zal vinden?'

'Natuurlijk niet! Hij zit daar ook maar de hele tijd alleen. Wie weet krijgen we voor de rest van de vakantie wel een eigen programma! Ze hebben daar altijd medewerkers te kort!' Raf glimlachte. 'RPPP!' flapte hij er plotseling uit. 'Rafs Populaire Platen Programma! Klinkt best leuk, vind je niet?'

Een paar minuten later fietsten Raf en ik al door het dorpscentrum naar de rand van het bos, waar de vrije radio gevestigd was. Het leek nog heter dan daarstraks in de tuin. Zelfs op de fiets was er nauwelijks een zuchtje wind. Raf probeerde zo dicht mogelijk tegen de stoeprand te fietsen, met de bedoeling zo veel mogelijk in de schaduw te blijven.

Nog meer dan anders leek Heerenbodegem nu een uitgestorven dorp. Alsof alle leven in de hitte van de zon was stilgevallen. Gesmolten, zoals het asfalt onder onze banden. Een enkele auto kruiste in de verte de straat waar we door reden. De bakker deed zijn ronde. Verder niets. Zelfs de vogels leken vandaag het fluiten gestaakt te hebben. Een droge keel, waarschijnlijk.

Toen we de hoek van het kerkplein omdraaiden, kneep Raf ineens zijn remmen dicht. 'Kijk nu eens! Een *van*!'

Ik had dat Engelse woord nog nooit gehoord, maar het werd me meteen duidelijk wat hij ermee bedoelde. In het midden van het kerkplein stond een bestelwagen, die van onderen tot boven beschilderd was met de meest bizarre afbeeldingen. Nevels en dampen, die me aan de sauna van de vorige paasvakantie deden denken... Maar deze nevels hadden wel de onmogelijkste kleuren: gifgroen en koper- en basaltkleurig, karmijnrood en paars... Tussen die ijle slierten waren vaag andere schilderingen zichtbaar. Sterren, zo leek het wel. Roodgele vlekken die uiteenspatten in kosmische kracht, spiraal-

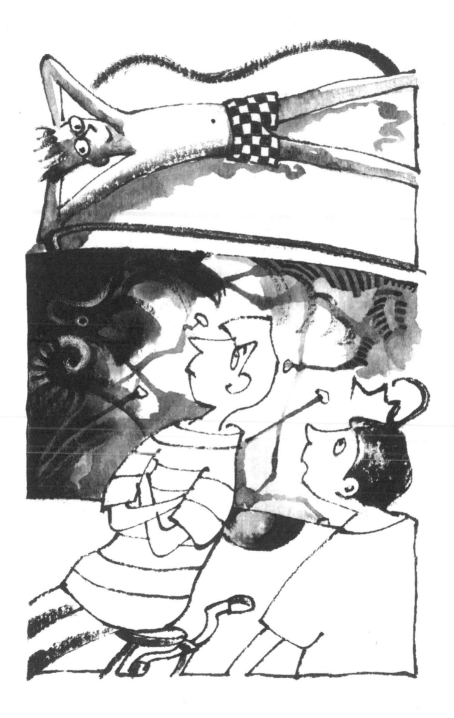

vormige nevels die als harige spinnen met lange vangarmen hun omgeving aftastten...

Het merkwaardigste was echter niet de zijkant van de bestelwagen, maar de bovenkant. Boven op de bestelwagen lag, met ontbloot bovenlijf, een jongen te zonnen! Hoewel hij al knalrood zag, leek hij helemaal niet van plan om op welke wijze ook beschutting te zoeken tegen de ongenadige hitte. Met de handen rustig onder zijn hoofd gevouwen, lag hij te genieten van de schroeiende zonnestralen.

Zijn verschijning had Raf zo in verwarring gebracht dat hij de remmen van zijn fiets keihard had dichtgeknepen. Pas op het laatste moment drong het piepende geluid tot me door. Ik kon hem nog net ontwijken. Enkele meters verderop kwam ik op mijn beurt met schokjes tot stilstand.

Het kwam niet in me op hem uit te schelden om zijn onverantwoord rijgedrag, want blijkbaar was onze aanwezigheid ook tot de zonneklopper doorgedrongen. Een koppel knalrode benen bungelde nu aan de zijkant van de bestelwagen naar beneden. Omdat ik ondertussen te dicht genaderd was, kon ik de eigenaar van die benen niet meer zien.

Ik keek vragend naar Raf, alsof hij me in een paar woorden kon uitleggen hoe deze vreemde bestelwagen op ons kerkplein verzeild was geraakt en wat die kerel bezielde om boven op het dak in de blakende zon te gaan braden. Het moest schroeiheet zijn op dat dak! Je zou er, zonder overdrijven, wel eieren op kunnen bakken! Wat zeg ik? Je zou erop kunnen *barbecuen*!

Raf stond met wijdopen mond naar de twee blote voeten te staren die aan de zijkant van de *van* naar beneden bungelden. Een fractie van een seconde later plofte de zonneklopper op de grond, naast de bestelwagen. Het gebeurde allemaal heel sierlijk en soepel, alsof hij niet van top tot teen door de zon was verbrand, maar een lichaam van elastiek had.

Hij kon niet veel ouder zijn dan Raf en ik, schatte ik. Hooguit een jaar of veertien. En hij had helblauwe ogen en koperkleurig haar dat in weerbarstige pieken overeind stond. Zijn hele gezicht, zijn buik, zijn armen, zijn rug, zijn benen, zijn voeten, ja, zelfs zijn zwembroekje... alles aan hem zag knalrood. Maar vreemd genoeg scheen hij niet de minste hinder te ondervinden van de zonnesteek die hij ongetwijfeld had opgelopen.

'Hèllo!' zei hij vriendelijk, toen hij onze verbaasde blikken zag.

En toen draaide hij zich om en stapte de bestelwagen in.

'Wat voor een vreemde vogel is me dat!' brabbelde Raf.

Ik antwoordde niet. Nooit eerder had een jongen mij zo in verwarring gebracht. Gefascineerd bleef ik naar het deurtje staren waarachter hij verdwenen was, tot het weer openging en hij weer naar buiten kwam. Hij glimlachte me nogmaals toe en begon toen, zonder een woord te zeggen, het laddertje op te klimmen dat aan de zijkant van de bestelwagen hing.

'Je moet oppassen!' fluisterde ik hem dringend toe. 'Zo in de volle zon! Dat is gevaarlijk!'

De jongen staakte zijn beklimming, draaide zich om en keek mij aan. Die helblauwe, koele ogen van hem deden me naar adem snakken.

'Niet voor mij,' glimlachte hij. 'Ik heb mijn voorzorgen genomen.'

Nu pas zag ik dat hij een zonnebril in zijn hand hield, die hij met een vloeiende beweging op zijn neus zette.

'Zo! Nu kèn er mij niks meer overkomen!'

En hij klom het dak van de van op, waar hij zich pal op zijn rug liet vallen om zijn onderbroken zonnebad verder te zetten...

DE ZEVENDE HEMEL
(RAF)

'En speciaal voor mijn zusje, dat op dit ogenblik onze studio komt binnengewandeld, de nieuwste single van de Hertog van het Vlaamse Lied!' kondigde Carl glimlachend aan.

Hij gaf Eva en mij te kennen dat we nog even moesten wachten. Pas toen het liedje definitief was ingezet, floepte het rode lampje boven de deur van de studio uit en konden we naar binnen.

Ondanks de dikke muren in natuursteen was het ook in de studio bloedheet. Carl zat in boxershort en met ontbloot bovenlijf achter de microfoon, met een joekel van een koptelefoon op zijn hoofd. Het was een reuze combinatie. Als de luisteraars hun deejay zo hadden kunnen zien zitten, hadden ze beslist nog meer plezier beleefd aan het programma.

'Tof dat jullie mij eens komen bezoeken,' zei Carl.

Op de achtergrond vond een of andere Vlaamse zanger het nodig zijn liefde uit te kwelen:

Ik hou van jou,
jij wordt mijn vrouw,
een stel apart,
mijn koekenhart!

'En dát zingt hij speciaal voor mij?' merkte Eva spottend op. 'Wat een tekst! Mijn tenen gaan ervan krullen!'

Carl stak machteloos zijn handen in de lucht. 'Opdracht van Willy! Hij denkt dat hij een nieuwe Vlaamse ster ontdekt heeft. Er was geen ontkomen aan. Dit plaatje móést gespeeld worden!'

'Hoe jij dat volhoudt!' grijnsde Eva, terwijl ze haar handen op haar oren drukte.

Carl keek op zijn polshorloge. 'Nog twaalf minuten en *Streekgerechten* zit erop.'

In dat programma kwam het muzikale talent uit de streek aan bod, wist ik al van Eva. Maar muzikaal talent en Heerenbodegem, dat ging niet zo best samen. Als hier of daar toch een beloftevol zanger of zangeresje de kop opstak, ging hij of zij na verloop van tijd steevast naar de stad om daar zijn of haar kans te wagen. De *Streekgerechten* van Vrije Radio Bode smaakten dan ook wat flauw.

Gelukkig maakten de andere programma's veel goed. Vrije Radio Bode deed namelijk zijn uiterste best om een zo breed mogelijk publiek te bereiken. Je kon dan ook werkelijk álles beluisteren. Rock, pop, klassiek, techno...

'Welk programma krijgen de luisteraars na *Streekgerechten* in hun maag gesplitst?' vroeg Eva.

'Mijn probleem niet,' zei Carl. 'Willy heeft een nieuwe medewerker aangeworven. Ik heb hem nog niet gezien, ik weet alleen dat hij Evert heet. En dat hij iets gloednieuws gaat brengen. We moeten er zelfs nog een goeie titel voor bedenken. Voorlopig hebben we het maar *Spacemuziek* gedoopt.'

'Spacemuziek?' herhaalde ik. 'En wat moet ik me daarbij voorstellen?'

'Het woord zegt het zelf, hé,' legde Carl uit. '*Ruimtemuziek*. Allerlei vreemde geluiden. Hoe het precies zal klinken, weet ik ook niet, maar volgens Willy is er geen enkele andere vrije radio die iets soortgelijks brengt. Hij was gewoonweg in de wolken.'

'Ah ja, met ruimtemuziek móét je wel *in de wolken* zijn,' zei Eva. Een van haar typische taalgrapjes.

'Of in de zevende hemel!' deed ik mijn duit in het zakje.

'Hé, dat is het!' riep Carl uit. '*De zevende hemel*! Een schitterende naam voor een programma met *spacemuziek*! We noemen het zo, Raf!'

Ik wilde Carl al vertellen hoe dankbaar hij me mocht zijn omdat ik zomaar eventjes de ideale titel uit mijn korte mouwtjes had geschud, maar hij hief zijn hand. Dat was het teken dat er weer volstrekte stilte in de studio moest heersen. Op het mengpaneel zette Carl de microfoon open. Alle geluiden die op dat moment in de studio gemaakt werden, waren te horen in alle huiskamers waar de radio op VRB afgestemd stond.

'En na dit schitterende nummer van de Hertog van het Vlaamse Lied een swingende song die onze trouwe luisteraars zeker niet onbekend in de oren zal klinken: *Met Valentino naar San Marino*!' kondigde Carl met overdreven enthousiasme aan.

Meteen daarop begon een schrille vrouwenstem op een of ander Zuid-Amerikaans ritme te krijsen dat ze deze zomer met een oceaanstomer naar San Marino zou gaan met haar Valentino.

'Hoe bedenkt ze het?!' proestte Eva het uit. 'Waarom niet met de TGV naar de Zwarte Zee?'

'Of met de jumbo jet naar Marie-Antoinette!' deed ik er nog een schepje bovenop.

'Met de camion naar de Spaanse zon!' giechelde Carl op zijn beurt.

We zaten het met z'n drietjes gezellig uit te gieren toen de deur van de VRB-studio plotseling opengeworpen werd. Achter het raam dat de studio van de overige radiolokalen scheidde, verscheen de knalrode jongen van de bestelwagen. Hij had nu een afschuwelijk bloemetjeshemd en een short aangetrokken, maar voor de rest zag hij er nog even bizar uit als toen we hem in de zon zagen bakken. De koperkleurige haren op zijn rooie kop deden me denken aan een vuurtoren die het op het strand voor bekeken had gehouden.

Carl liep de studio uit. Eva en ik volgden hem op de voet.

'Kan ik u misschien ergens mee helpen?' vroeg Carl.

'Ik ben Evert,' zei de jongen. 'Evert Terreyn!'

Hij stak zijn hand uit naar Carl.

'Dé Evert? Van het nieuwe programma? Ah ja, natuurlijk! Willy heeft me over jou verteld!'

Carl wilde Evert de hand drukken, maar toen hij de hand van de jongen aanraakte, leek er een elektrisch schokje door Carls arm te gaan. Als in een kramp vouwde hij zijn arm en drukte hem tegen zich aan.

'Elektriciteit!' verduidelijkte Evert. 'Ik heb daar wel vaker lèst vèn.'

'Lèst?' vroeg Eva.

'Lèst,' beaamde Evert. 'Els ik te lèng in de zon heb gelegen, heb ik daar èltijd lèst vèn.'

Stomverbaasd keek ik Eva aan. Hoe sprák die kerel nu?! Tijdens onze eerste ontmoeting was het mij niet echt opgevallen, maar er was ook iets mis met het tááltje van die vent!

Carl probeerde ondertussen vruchteloos te verbergen hoe erg hij wel geschrokken was. 'Juist,' zei hij, en hij slikte eens. 'Evert Terreyn van *De zevende hemel*... Ik bedoel, van het programma met *spacemuziek* dat wij graag *De zevende hemel* zouden noemen. Als dat voor jou oké is, tenminste.'

'Nètuurlijk, nètuurlijk,' zei Evert met een mysterieus glimlachje. 'Èls ik mijn muziek maar kèn spelen, dèn is èlles voor mij èllèng oké.'

Uit het borstzakje van zijn bloemetjeshemd toverde hij een cassette te voorschijn en liet die handig om zijn vingers draaien. Het deed me denken aan de aalvlugge bewegingen van een goochelaar, of aan de manier waarop een revolverheld in een western wel eens met zijn revolver wil jongleren.

'Juist!' zei Carl, die onder druk van de tamelijk krankzinnige omstandigheden blijkbaar een nieuw stopwoord gevonden had. 'Juist!' Maar in plaats van uit te leggen wat hij dan wel zo 'juist' vond, bleef hij de jongen met wijdopen mond aangapen.

Toen realiseerde Carl zich plotseling dat Valentino en zijn gezellin al een poosje in San Marino gearriveerd moesten zijn en dat Vrije Radio Bode alleen nog stilte uitzond.

'Shit!' mompelde hij, en haastig dook hij de studio in om een nieuwe plaat aan te kondigen.

Eva en ik bleven Evert wat onwennig aankijken.

'Het zal toch lukken?' vroeg Eva. 'Ik bedoel... Om dat programma te presenteren? Na die zonnesteek... Je hebt toch geen koorts of zo?'

Het leek erop dat ze even haar hand op zijn huid wou leggen, maar toen scheen ze zich te bedenken. Had de elektrische schok die Carl gekregen had er iets mee te maken? Of zag ze ervan af omdat je de eerste de beste kerel die je ontmoet nu eenmaal niet meteen over zijn arm gaat strelen?

'Zonnesteek? Ik heb helemaal geen zonnesteek!' zei Evert. 'Integendeel! Hoe lènger ik in de zon lig, hoe beter ik me voel! Ik voel me dèn precies èls de bètterij vèn een auto die opgeladen wordt.'

Hij lachte zijn hagelwitte tanden bloot. In dat knalrode gezicht zorgden ze voor een vreemd contrast.

Eva leek de zaken nog altijd niet op een rijtje te hebben. 'Maar ga je dat programma ook zelf presenteren?' drong ze aan. 'Ik bedoel...'

Ze maakte haar zin niet af, kreeg een kleurtje en sloeg de ogen neer. Ik wist perfect wat ze bedoelde: dat accent. Je kon iemand met zo'n afschuwelijk accent toch geen radioprogramma laten presenteren?

Carl kwam de studio uit. Blijkbaar waren zijn gedachten dezelfde richting uitgegaan, want hij vroeg of Evert ook al met Willy gespróken had.

'Nètuurlijk,' zei Evert. 'Maar veel hoefde ik hem niet te vertellen. Ik ben hier gisteren naar binnen gestèpt om hem deze cèssette te laten beluisteren, en hij wès meteen heel enthousièst. Voor hem wès het in orde, zei hij. Ik mocht hier vèndaag èl mijn eerste progrèmmè komen presenteren.'

Carl zweeg. Aan zijn gezicht te oordelen was hij het niet eens met de overhaaste beslissing van Willy. Maar anderzijds kampte Vrije Radio Bode voortdurend met een tekort aan medewerkers...

'En heeft hij dan niks gezegd over je...' begon hij voorzichtig.

Evert keek hem een poosje vragend aan, tot het tot hem door scheen te dringen waar Carl het over had.

'Mijn èccent?' glimlachte hij. 'Daar maakte Willy helemaal geen probleem vèn. Hij vond het wel iets hebben, zei hij. Hij wès er zeker vèn dat de luisteraars het heel èpèrt zouden vinden.'

'Heel èpèrt,' zuchtte Carl. 'Jè jè. Maar Willy moet niet denken dat hij achter mijn rug in zijn dooie eentje zomaar alles kan bedisselen! Ik vind dat dit niet kan, Evert. Snap je? We mogen onze luisteraars toch niet te fel op de proef stellen?!'

'Maar èlles wès zo geregeld!' drong Evert aan. 'Ik moest vèndaag tegen hèlfdrie naar hier komen en ik zou er meteen in kunnen vliegen!'

Ik meende opeens paniek in zijn ogen te lezen...

'Laat me dat progrèmmè toch presenteren!' smeekte hij. 'Het is echt heel, heel belèngrijk voor mij! Ik heb er zo op gerekend! Ik ben dagenlèng in de weer geweest om deze cèssette samen te stellen! Wil er mij dèn niemènd een kènsje geven?!'

Eerlijk gezegd vond ik het toch wel erg dat deze gekke jongen om zijn uiterlijk en zijn vreemde accent werd uitgesloten. Ik wierp een steelse blik op Eva. Misschien had zij een oplossing in petto?

Ik had me niet in haar vergist. Ze ging vlak voor haar broer staan en keek hem pal in de ogen. 'Evert blijft hier om zijn cassette te draaien,' zei ze. En voor Carl kon protesteren, voegde ze eraan toe: 'Raf en ik zullen hem helpen om het programma aan elkaar te praten.'

VLIEGTUIGMOTOREN EN SCHEERAPPARATEN
(EVA)

'Wat is dat?!' stamelde Raf, met een mengeling van verbazing en ontzag in zijn stem, terwijl hij naar de klanken en naar het bizarre muziekje luisterde waarmee de cassette van Evert opende.

Zelf zat ik me ook af te vragen welke instrumenten zo'n vreemde muziek konden voortbrengen. Misschien waren 'muziek' en 'instrumenten' ook niet de juiste woorden om de geluiden te omschrijven en de apparaten waardoor ze voortgebracht werden. Al werden die klanken ontegensprekelijk aan elkaar gesmolten tot een ritmisch geheel, waarin ook iets als een melodie te bespeuren viel.

Vliegtuigmotoren en scheerapparaten, dacht ik. De elektronische blips en biepen van een speelhol op de kermis. Krassende vingernagels op een schoolbord. Het gekrijs van een angstige apenkolonie...

Ik keek naar de jongen naast mij. Zocht die helblauwe, haast doorschijnende ogen onder het koperkleurige haar. Op zijn eigen, speciale manier vond ik hem best aantrekkelijk. Hij was zo anders dan alle andere jongens die ik kende. Hij leek niet alleen volwassener, maar vooral een stuk mysterieuzer. Dat maakte hem uniek. Ik wist nu al dat ik zijn geheim vroeg of laat zou ontsluieren...

'Waar woon jij eigenlijk?' vroeg ik. 'Je bent toch niet van Heerenbodegem, hé? Heerenbodegem is zo klein dat iedereen hier iedereen kent.'

'Wij wonen in de Èndromedè...' begon Evert, maar Raf viel hem meteen in de rede.

'Andromeda?!' riep hij uit. 'Dat is toch de naam van een sterrenstelsel, enkele lichtjaren hiervandaan?'

20

'Het is ook de naam vèn de vèn waarin wij rondtrekken,' zei Evert rustig, en hij wendde zich tot mij. 'Eigenlijk wonen wij zowèt overèl en nergens, Evè.'

Hij sloot de ogen. Op de tonen van zijn gekke muziek begon hij ritmisch heen en weer te wiegen. Ik keek naar Raf. Die trok een bedenkelijk gezicht en haalde de wenkbrauwen eens op. Ik kon zo wel voelen wat hij dacht: *Die Evert is compleet gaga! Nog maffer dan hij eruitziet! Ik heb er nu al spijt van dat ik erin toegestemd heb hem te helpen met zijn idiote programma!*

Ik van mijn kant was niet van plan genoegen te nemen met het raadselachtige antwoord dat Evert me gegeven had.

'Overal en nergens...' mompelde ik. 'Wat bedoel je daarmee, Evert?'

Hij opende zijn ogen. 'Gewoon,' zei hij, 'overèl en nergens. We hebben altijd rondgetrokken: Yennick, Josh en ik.'

'Yennick en Josh?'

'Mijn ouders,' knikte hij.

Raf keek verveeld naar de knopjes en schuifregelaars op het mengpaneel. Evert had opnieuw zijn ogen gesloten en zat als in trance zachtjes mee te wiegen met de muziek.

'Nog even,' zei hij, zonder zijn ogen te openen. 'Dèn mèg je het volgende nummer aankondigen.'

Hij schoof me een papiertje toe. Daarop stond de tekst die hij van tevoren geschreven had om tussen de muzikale nummers voor te lezen. Nu ik Carl beloofd had de bindteksten te verzorgen, had hij geen enkel bezwaar meer tegen het programma van Evert. Het gaf hem trouwens de gelegenheid om op zijn gemak een pintje te gaan drinken in de cafetaria van de VRB.

Ik schraapte de keel, wachtte tot de muziek helemaal was weggestorven en schakelde de microfoon in.

'En na deze reis naar de Rode Reuzenster wordt het stilaan

tijd om weer naar de aarde terug te keren. Laat ons dus even luisteren naar wat de planten van de aarde elkaar zoal te vertellen hebben...'

Als een heuse dirigent bracht Evert zijn wijsvinger naar beneden. Ik schakelde de microfoon uit. Er weerklonk een ijl gelispel in de studio. Alsof tientallen lijzige en haast onhoorbare stemmen in een niet te begrijpen taaltje door elkaar fluisterden.

Het was een heel vreemde ervaring, dat ritmische gegons dat van alle kanten begon op te klinken. Ik kon me niet van de indruk ontdoen dat ik me te midden van een zwerm bijen bevond, met het verschil dat deze bijen niet eentonig zoemden, maar heel verschillende, flinterdunne geluidjes voortbrachten.

Verward keek ik naar Raf. Hij zat er ook totaal verbluft bij. Ongemakkelijk schoof hij heen en weer op zijn stoel, terwijl zijn hoofd alle kanten uit draaide. Net als ik had hij ongetwijfeld het gevoel *midden in* het geluid te zitten.

'Hoe doe je dat toch?' vroeg ik toen ik eindelijk een beetje van de verrassing bekomen was.

'Heel eenvoudig,' haalde Evert de schouders op. 'Met een soort radio en een soort cèssetterecorder. Eigenlijk is het wel wèt ingewikkelder, eerlijk gezegd. Maar èls ik jullie dèt uitleg, zouden jullie er vèst geen snèrs vèn snèppen.'

'Je meent het!' gromde Raf.

Ook nu hij zijn aanvankelijke verbijstering had overwonnen, slaagde hij er niet in dat ongelovige toontje uit zijn stem te weren.

Toen vertelde Evert ons over de uiterst gevoelige 'echokamer', die hij aansloot op de bloemblaadjes en de stengels van planten. Zij brachten ook geluiden voort, beweerde hij. Jammer genoeg kon het menselijk oor die 'zonder hulpstukken' niet waarnemen. Evert nam de geluiden op en versterkte ze.

En zo konden wij luisteren naar wat de bloemen en de planten elkaar te vertellen hadden.

'Je meent het...' zuchtte Raf weer.

Hij rolde met zijn ogen en tikte met zijn wijsvinger tegen zijn voorhoofd. Maar hij zorgde er wel voor dat Evert dat niet in de gaten kreeg. Ik wenkte hem geërgerd dat hij daarmee moest ophouden.

Evert had gelukkig niks van Rafs apenstreken gemerkt: hij taterde er nog altijd lustig op los. Met een uiterst gevoelige radio-ontvanger luisterde hij de radiofrequenties van de vliegtuigpiloten af. Hun gesprekken en de achtergrondgeluiden nam hij op met een cassetterecorder. En die bewerkte en vervormde hij dan met zijn synthesizer. Zo maakte hij zijn *spacemuziek*.

'Geluiden kun je voorstellen als golven,' legde hij een beetje schoolmeesterachtig uit. 'Ze planten zich eindeloos voort door de atmosfeer en zelfs door het hele heelal. Met mijn apperaten kun je ze onderscheppen. Zo simpel is dat.'

De eerste compositie die wij gehoord hadden, zo beweerde hij, was niks anders dan een 'muzikale bewerking' die hij gemaakt had van geluidsgolven, afkomstig van een bewoonde planeet in een of ander ver sterrenstelsel.

'Je meent het!' kreunde Raf voor de derde keer.

Hij had de ogen gesloten, alsof hij uit alle macht vocht tegen een aanval van misselijkheid. Maar Evert leek zich nog altijd niet te storen aan Rafs kinderachtige gedrag. Of misschien merkte hij er niet eens wat van, zo volkomen ging hij op in zijn uitleg. Zijn ogen straalden enthousiast en ik vond hem op dat ogenblik bijna móói om naar te kijken.

Zelf vond ik zijn verhaal trouwens ook machtig interessant, al overdreef hij waarschijnlijk een beetje en dikte hij zijn verhaal aan om het nog sterker te laten klinken.

'Je laat ons in die *spacemuziek* van jou dus niet alleen planten horen die met elkaar aan het kletsen zijn over de warmte en zo,' snoof Raf spottend, 'maar ook een stelletje buitenaardse wezens van... ja, van waar eigenlijk?'

'Vèn een plèneet bij een ster uit de Èndromedè Nevel,' antwoordde Evert zonder verpinken.

'O... Van de Andromeda Nevel... Ik had het kunnen denken!' zei Raf. 'En wat hebben die ET's zoal te vertellen?'

'Èls jij een Èndromedaans woordenboek bij de hend hebt, kunnen we hun gesprekken misschien proberen te vertalen.'

Raf keek van mij naar Evert en weer terug naar mij. 'Maakt hij nu een grapje of bedoelt hij het ernstig?'

Ik moest hem het antwoord schuldig blijven, want ik had er ook geen flauw benul van. Met Evert was álles mogelijk, zoveel was me ondertussen wel duidelijk geworden.

'Grèpje!' lachte Evert toen breed.

Er dansten inderdaad pretlichtjes in zijn helblauwe ogen, zag ik nu. Ze gingen er op een niet onaardige maar wel bijna onaardse manier van stralen...

EEN APRILGRAP IN AUGUSTUS
(RAF)

De eerste uitzending met Evert zat erop. Carl had ons gefeliciteerd met het resultaat en ieder van ons een drankje aangeboden in de cafetaria van Vrije Radio Bode. Evert had zijn apparatuur afgezet en nu lagen we met z'n drietjes loom te zweten in de plastic stoeltjes van de cafetaria.

'Zaten we nu maar bij Radio Alaska,' pufte ik.

We dronken lauwe cola en Eva probeerde zich wat koelte toe te wuiven met een vrouwenweekblad. Op de omslag werd onder andere een artikel aangekondigd over de gevaren die men liep wanneer men zich te lang blootstelde aan de zon. Daar kon je huidkanker van krijgen. Ik wilde Evert net op dat artikel wijzen toen Eva ophield met wuiven en zuchtend de stilte verbrak.

'Wat doen we morgen, jongens?'

Ik griste het weekblad uit haar handen en begon opnieuw te wuiven. Op de omslag werd niet alleen gewezen op de gevaren van een te lange blootstelling aan de zon, zag ik. Er was ook sprake van een artikel over de landing van een UFO in Biezegem, een paar dorpen verderop. Typisch iets voor deze komkommertijd!

Ik luisterde maar met een half oor naar de jeremiade van Eva over wat voor een dooie boel het hier toch was in Heerenbodegem, zocht de bewuste pagina op en begon te lezen. De buitenaardse wezens bleken een paar weken geleden geland te zijn. Ze hadden in een parkje contact gehad met een jongen en een meisje. Tientallen mensen, die op de bus stonden te wachten, waren er getuige van geweest.

Eerst zagen ze een roze schijnsel in de lucht, daarna een

vuurrode bol van wel tien meter doorsnede. De bol zweefde even boven het parkje, verdween en verscheen later opnieuw. De mensen die op de bus stonden te wachten, zagen duidelijk een luik in het onderste deel van de bol en een mensachtig wezen in de opening. Hun beschrijvingen van het wezen liepen nogal uiteen: volgens sommigen was het ongeveer drie meter lang, bezat het drie ogen, ging het gekleed in een zilverachtige overall, droeg het bronskleurige laarzen en had het een schijf op zijn borst. Volgens anderen was het lang geen twee meter, telde het gewoon twee ogen zoals iedereen, droeg het een overall met schreeuwerige kleuren en was de dieprode huid van het wezen het enige waarin het wezenlijk verschilde van een mens.

De bol was geland in het parkje en het wezen was naar de jongen en het meisje toe gegaan, die daar speelden. De mensen die op de bus stonden te wachten, hadden het op een gillen en een lopen gezet. De jongen en het meisje niet. Zij hadden genoeg sciencefictionfilms gezien om te weten hoe ze zich hoorden te gedragen als ze onverwachts in contact kwamen met een buitenaards wezen.

De ufonaut was een beetje nerveus geworden van de vreemde reactie van de mensen die op de bus stonden te wachten, verklaarden de jongen en het meisje achteraf. Ze hadden geprobeerd de ET op zijn gemak te stellen. Dat was op een toch wel tamelijk eigenaardige manier verlopen: ze hadden niet echt met elkaar gepraat, het had erop geleken dat hun vragen en antwoorden en die van de ET in lichtgevende letters in de lucht werden geprojecteerd.

De jongen had gevraagd waar de ufonaut vandaan kwam en hij had gezegd dat hij afkomstig was van een planeet die bij een sterrenstelsel hoorde dat hier bekendstond als de Andromeda Nevel. Het meisje had gevraagd of ze hen naar hun planeet konden brengen, want in Biezegem viel toch niks te beleven. Toen was de politie aangekomen, gealarmeerd door de mensen die op de bus hadden staan wachten. De ufonaut had het zekere voor het onzekere genomen, was naar zijn UFO gevlucht en weer opgestegen voor hij op de bon kon worden gezet. Parkeren in het parkje van Biezegem was immers ten strengste verboden.

Die laatste regels fantaseerde ik er natuurlijk bij. Maar geef toe, ze zouden niet uit de toon gevallen zijn in zo'n idioot artikel.

'We zouden ook eens zoiets moeten verzinnen,' hoorde ik Evert net zeggen.

Ik keek verward op. Bedoelde hij het artikel dat ik zopas gelezen had? Kon hij soms mijn gedachten lezen, die in lichtgevende letters in de lucht werden geprojecteerd?

'Heb je 't hierover?' vroeg ik, terwijl ik hem het artikel liet zien.

Hij keurde het geen blik waardig. Eva snoof minachtend, griste het weekblad uit mijn handen en begon zich opnieuw koelte toe te wuiven.

'Nee,' zei hij, 'ik hèd het over De Oorlog der Werelden, dèt hoorspel vèn Orson Welles uit 1938.'

Als een heuse ufonaut viel ik nu zelf uit de lucht. 'Pardon?'

'Wel jè,' ging Evert enthousiast verder. 'Evè vertelde net dèt het hier zo'n dooie boel wès en dèt ze bij God niet wist hoe ze de vèkèntie moest doorkomen zonder dood te vèllen vèn pure verveling. En toen zei ik dèt we ook eens iets konden verzinnen èls dèt hoorspel vèn Orson Welles uit 1938, De Oorlog der Werelden. Een èprilgrèp op de radio.'

Ik fronste de wenkbrauwen. 'Een aprilgrap in augustus?'

Eva negeerde mij demonstratief. 'Ga door, Evert, en stoor je maar niet aan zijn dwaze opmerkingen.'

Evert begon te vertellen en toen zijn verhaal afgelopen was, begon ik te twijfelen. Tot op dat ogenblik had ik hem voor een gekke kerel gehouden, prettig gestoord maar voor de rest niks aan de hand. Maar toen zijn verhaal afgelopen was, twijfelde ik er sterk aan of er toch niks meer dan dat aan de hand was. En mijn twijfels hadden niet zozeer te maken met wát hij precies verteld had, maar met de manier waaróp. Dat helblauwe licht in zijn ogen, die overslaande stem, dat merkwaardige accent. Waarom wilde hij ons bovendien precies nu dát verhaal vertellen? En waarom vond hij dat wij ook eens zoiets moesten verzinnen?

30 oktober 1938. De periode van Allerheiligen en Allerzielen, maar in Amerika ook de tijd van Halloween, een mengeling van carnaval, Driekoningen en een lugubere aprilgrap. De kinderen verkleden zich dan zo griezelig mogelijk en jagen zo veel mogelijk mensen de stuipen op het lijf. En ze krijgen daar nog een snoepje voor ook.

De radio was op dat ogenblik een nog vrij recente uitvinding. Die avond zond nbc een show met een of andere zangeres uit. Haar zangtalent kon de luisteraars blijkbaar niet echt bekoren, want zij kozen algauw massaal voor de enige concurrent van nbc, cbs. Daar bracht men een rechtstreekse uitzending van een jazzconcert in het Park Plaza Hotel. Tot de show plotseling onderbroken werd door een kort journaal: een astronoom had naar verluidt ongewone explosies waargenomen op de planeet Mars. Even later was er opnieuw een extra nieuwsbericht. Deze keer werd een professor geïnterviewd. Hij moest antwoorden op de vraag of er volgens hem levende wezens op de planeet Mars konden wonen. Dat achtte de professor heel onwaarschijnlijk.

Nauwelijks had het orkest in het Park Plaza Hotel een nieuw deuntje ingezet, of er volgde alwéér een extra nieuwsuitzending: 'Beste luisteraars, we vernemen zopas dat een groot vlammend voorwerp is neergestort bij een boerderij in de buurt van Grover's Mill. De lichtflits was zichtbaar op een afstand van tientallen mijlen en het geluid van de slag werd tot ver in de omtrek gehoord.'

Toen het jazzorkest korte tijd later nogmaals het zwijgen werd opgelegd, waren talloze luisteraars aan hun toestel gekluisterd. Er stond immers iets te gebeuren! Dat hóórde je aan de trillende stem van de reporter ter plaatse, Carl Phillips. Het was net of je er zelf bij was, zo pakkend beschreef hij wat hij waarnam: 'Een grote menigte heeft zich om een reusachtig cilindervormig voorwerp verzameld... Hoe moet ik dit vreemde schouwspel onder woorden brengen, beste luisteraars? De cilinder ligt in een diepe kuil, ontstaan door de klap na de val... In de nabije omgeving zijn overal de bomen afgeknapt... De cilinder is uit een onbekend metaal vervaardigd en lijkt nog warm door de wrijving met de lucht...'

Carl Phillips deed enkele pogingen om meer te weten te komen van de omstanders, maar geen van hen kon een verklaring geven over de herkomst van het ongeïdentificeerde vliegende voorwerp, dat zich met geweldige kracht in de grond had geboord.

Op dat moment gebeurde er iets onvoorziens. Storingen. Rumoer. Brak daar paniek uit? Toen heerste er complete stilte, en tenslotte, de opgewonden stem van Carl Phillips: 'Dit, luisteraars, is het vreemdste en verschrikkelijkste wat ik ooit heb meegemaakt... Er kruipt iets uit de cilinder... Ik zie twee lichtgevende schijven, die uit de duistere opening gluren... Zijn het ogen? Het lijkt op een gezicht... Er wringt zich iets naar buiten... Daar is er weer een, en nog een, en nog een... Nu kan ik het lichaam van het ding zien. Het is zo groot als een beer en het glimt als nat leer. Maar dat gezicht... Het is... onbeschrijflijk! Ik kan mezelf nauwelijks dwingen ernaar te kijken! De mond is v-vormig, speeksel druipt van de randloze lippen, die schijnen te trillen en te bewegen!'

Opnieuw werd overgeschakeld naar het Park Plaza Hotel, waar het jazzorkest nog altijd swingde alsof er geen vuiltje aan de lucht was. Af en toe schakelde men over naar Carl Phillips, die vertelde dat enkele agenten dichter bij het ruimteschip probeerden te komen. Het was nu immers duidelijk geworden dat het om een echt ruimteschip ging.

'O God! Wat gebeurt er nu?! De agenten worden getroffen door een gruwelijke, dodende hittestraal die vanuit het ruimteschip afgeschoten wordt!'

De hele omgeving werd door de hittestraal in brand gezet. Paniek! Een niet thuis te brengen, maar in elk geval bijzonder onheilspellend geluid legde de reporter ter plaatse zelfs bruusk het zwijgen op! Carl Phillips werd blijkbaar eveneens getroffen door de hittestraal!

De rechtstreekse verbinding met Grover's Mill werd onderbroken. Een omroeper van cbs meldde dat er iets fout was gegaan, een professor sprak sussende woorden. In spanning wachtte iedereen op een nieuw verslag vanuit Grover's Mill. Toen het eindelijk zover was, sprak men al zonder omwegen van een regelrechte ramp. Met de hittestraal wist men zich geen raad en voor de rest moest men wel toegeven dat het om vijandige buitenaardse wezens ging. Men had nooit geloofd dat ze bestonden, maar nu kon men de feiten niet naast zich neerleggen...

Het Rode Kruis kwam ter plaatse. Een woordvoerder van de politie beweerde de brand onder controle te hebben. De soldaten van de staat New Jersey werden in allerijl opgeroepen. Acht bataljons infanteristen begaven zich naar Grover's Mill.

Op de plaats van het onheil zag men iets bewegen. Benen... Waren dat bénen? Hadden de indringers zomaar uit het niets heuse benen ontwikkeld? Of liever, lange metalen poten, waarmee ze zich langzaam maar zeker voortbewogen? (Langzaam omdat de luchtdruk op aarde natuurlijk groter moest zijn dan die die ze op Mars gewend waren.)

Het leger was aangekomen, maar daar stoorden de invasietroepen uit Mars zich niet aan. Ze maaiden alle weerstand weg terwijl ze zich op hun reusachtige metalen benen voortbewogen. Ze vertrapten de soldaten of vuurden hun dodende hittestraal af.

In de hoofdstad Washington legde de minister van Binnenlandse Zaken een verklaring af: 'Landgenoten, de toestand is kritiek, maar niet hopeloos. Wees dapper, wees goede Amerikanen. Niet alleen ons welzijn staat op het spel, maar ook dat van de hele wereld. De eerste interplanetaire veldslag, de eerste Oorlog der Werelden is een feit...'

Meer dan een miljoen Amerikanen kregen tranen in de ogen bij het horen van die woorden. Velen onder hen barricadeerden hun huizen, sloegen op de vlucht of bleven als verlamd aan hun radiotoestel gekluisterd. Toen kwam de mededeling dat De Oorlog der Werelden een hoorspel was, een Halloweengrap van cbs en van regisseur Orson Welles en zijn toneelgezelschap. Men had erop gewezen dat het om een bewerking van een sciencefictionroman van de Engelse schrijver Herbert George Wells ging. Maar velen weigerden die geruststellende woorden te geloven. De mensen dachten dat de regering op die manier probeerde te vermijden dat er in het hele land paniek uitbrak.

Tot mijn verbijstering merkte ik dat Eva helemaal in de ban was van het verhaal van Evert.

'Hoe bracht die Welles al die speciale effecten voor elkaar?' vroeg ze.

'In de jaren dertig werden hoorspelen èltijd rechtstreeks op genomen,' antwoordde Evert. 'Terwijl het spel nog bezig wès, moest men bijvoorbeeld nog het pèssende geluid zoeken voor de opengaande poort vèn een ruimteschip...'

'En hoe...?'

'Met het deksel vèn een pot augurken. Pès toen ze de pot tijdens het losschroeven van het deksel in de wc-pot hielden, kregen ze het resultaat waarnaar ze op zoek waren.'

Haast twee miljoen mensen geloofden werkelijk dat de invasie uit Mars het einde van de wereld betekende. Politiebureaus, krantenredacties en radiostations werden overspoeld door telefoontjes en telegrammen. Er kwamen ontelbare aanvragen binnen voor lijsten van doden en gewonden. Huilende moeders omarmden hun kinderen een laatste keer, in de vaste overtuiging dat de Martianen weldra alles en iedereen met hun hittestraal zouden vernietigen. Hele stadswijken stroomden leeg. In de straten verdrongen zich massa's vluchtelingen. Auto's raasden met een waanzinnige snelheid voorbij mensen die in gebed op hun knieën gezonken waren. Ongevallen en zelfmoordpogingen lieten niet lang op zich wachten. Velen grepen naar de wapens: ze zouden hun huid duur verkopen. Bij de politie meldden zich heel wat vrijwilligers om de Martianen te bestrijden. Hysterische mannen en vrouwen moesten naar het ziekenhuis gebracht worden, waar ze het luidkeels uitschreeuwden dat ze de Martianen met hun eigen ogen gezien hadden...

De volgende dag was Orson Welles beroemd, maar talloze mensen eisten een schadevergoeding van hem. Welles en zijn medewerkers werden gerechtelijk vervolgd, maar gingen uiteindelijk vrijuit. Welles zelf kreeg heel wat kritiek omdat hij de luisteraars zo vreselijk bedonderd had. Anderen loofden hem omdat hij het publiek juist geleerd had dat je niet alles wat je op de radio hoort zomaar kunt geloven...

'En zoiets wil jij nu ook in Heerenbodegem presteren?' mompelde ik ongelovig.

'Wel ja, waarom niet?' riep Eva enthousiast uit. 'Het zou Heerenbodegem tenminste een béétje wakker schudden en zo zouden we misschien nog op een spannende manier de vakantie door kunnen komen!'

'Jullie zijn niet goed snik,' zei ik. 'En bovendien, ik geloof nooit dat de mensen daar nu nog in zouden trappen.'

Evert trok zijn wenkbrauwen op. 'Denk je dèt echt, Rèf? We moeten netuurlijk het verhaal ven Welles niet gaan overdoen... Maar èls we nu eens een radioreportage verzonnen over een UFO die hier in de buurt met pech te kèmpen hèd... Stel je voor dèt de bemènning, die zonder enig probleem voor een tijdje een menselijke gedaante kèn aannemen, zich onder de aardbewoners heeft gemengd?'

'Ja ja,' zei ik, 'en stel je voor dat daar ongelukken van komen, zoals in Amerika! Wat dan?'

'Ach, Raf!' onderbrak Eva mij geïrriteerd. 'Wees nou eens niet altijd zo negatief!'

34

De crashende ufo
(Eva)

'Ik wilde bij valavond vogelgeluiden opnemen in het bos. Dat is namelijk mijn hobby, moet u weten. Ik verzamel vogelgezang. Het begon al wat koeler te worden en ik had wel zin in een fietstochtje.'

Ik las de tekst die Evert de vorige dag op de tekstverwerker van Vrije Radio Bode had getypt vlot voor. Ik slaagde er zelfs in enig gevoel te leggen in de woorden, zonder dat ze onnatuurlijk begonnen te klinken. Ja, eigenlijk zou ik best wel actrice kunnen worden, vond ik.

'En toen?' vroeg Raf.

Hij hoefde er helemaal niet voor te acteren om een verveelde klank in zijn stem te leggen. Zijn hele gezicht, zijn hele houding ademde tegendraadsheid en dwarsliggerij uit. Ik vroeg me af waarom hij het spel eigenlijk meespeelde, als hij er toch niks aan vond. Waarom ergerde hij ons voortdurend met de opmerking dat dit slecht móést aflopen, voor ons, voor de vrije radio, voor heel Heerenbodegem? Was hij misschien gewoon jaloers omdat Evert en ik duidelijk op dezelfde golflengte zaten?

Hoe dan ook, die ongeïnteresseerde klank in zijn stem kwam ons nu wel goed uit. Dat maakte het echter. Zo leek hij echt op een reporter van een vrije radio die ervan overtuigd was dat ik - de ooggetuige - ze niet alle vijf op een rijtje had.

'Ik moet een kwartier gereden hebben, meer niet. Rechts van mij lagen de Duivelsputten, je weet wel: die griezelige heuvel met dat moeras. Ik reed op de Romeinse heerweg. Het begon al te schemeren en plots... op de heuvel... zag ik een licht.'

'Liep daar iemand met een zaklantaarn?'

'Dat dacht ik ook eerst...'

'Was je dan niet bang? Ik bedoel... Het begon al te schemeren en je was daar helemaal alleen...'

'Natuurlijk was ik bang! Maar toen zag ik dat het licht niet afkomstig kon zijn van een zaklantaarn, en dat stelde me toch een beetje op mijn gemak.'

Evert had een merkwaardig sterke tekst geschreven, vond ik. Zo levensecht, zo natúúrlijk allemaal. Hoe hij dat klaargespeeld had in één enkele dag... Een onvervalst wonder! Die jongen had werkelijk verborgen talenten. Hij mocht dan een lelijk accent hebben, hij was een geboren verteller. Dat had zijn verhaal over *De Oorlog der Werelden* mij wel geleerd. Maar bovendien bezat hij ook de gave een verhaal op papier te kunnen zetten, in dialogen dan nog wel, in de vorm van een hoorspel. Hij was een heuse schrijver! Hij kon zelfs blind tikken, met z'n tien vingers tegelijk!

'Hoe kon je daar zo zeker van zijn? Dat het licht niet afkomstig was van een zaklantaarn, bedoel ik?'

'Nou... Het steeg op. Zaklantaarns stijgen niet op.'

'Misschien was het een vliegtuig? Een helikopter?'

'Kan niet. Op de gewone bosgeluiden na was het doodstil, daar bij de Duivelsputten. Heel in de verte meende ik een uil te horen roepen, ja. Maar voor de rest... Er was geen zuchtje wind. De bomen stonden er roerloos bij. Het licht ging snel heen en weer in de lucht, draaide, kwam mijn richting uit, verwijderde zich en kwam toen weer dichterbij... Ik stond daar als versteend, ik kon geen vin verroeren... Mijn hart bonsde hoog in mijn keel, ik durfde mijn ogen niet te geloven. Was dit een hallucinatie? Ik moet me gauw verstoppen, dacht ik. Maar waar dan? Het licht zou me overal vinden!'

Evert, die achter de knoppen van het mengpaneel zat, gaf

me te kennen dat ik een beetje moest hijgen in de microfoon. Ik snapte wel waar hij heen wilde: het zou klinken alsof ik het hele voorval opnieuw beleefde. Ik knikte en hij glimlachte. Hij was ook een geniaal regisseur, die Evert. Een tweede Orson Welles! En hij mocht dan zo rood zijn als een kreeft en een onmogelijk taaltje uitbraken, in ieder geval was hij lang niet zo saai als die maffe Raf. Integendeel! Evert was *interessant!* Evert was *geheimzinnig!* Evert had fantasie en kon over alles meepraten. Hij was avontuurlijk aangelegd, hij had een heel stuk van de wereld gezien, hij...

Ik begon lichtjes te hijgen in de microfoon. Raf sloeg met een uitdrukking van opperste wanhoop zijn ogen ten hemel, maar ik schonk niet de minste aandacht aan hem. Ik ging volkomen op in het verhaal dat Evert voor mij had getikt en uitgeprint. Het verhaal dat Evert voor mij had verzonnen, en waarin ik de hoofdrol speelde. Míjn verhaal.

'Het licht kwam geluidloos boven de open plek naast het pad hangen waar ik stond. Een cirkelvormig, verblindend wit licht was het. Het hing misschien dertig meter boven de grond en moet een straal van wel twintig meter gehad hebben. Een witte gloed... Het was zo mooi.. Het omhulde me... Het was warm... Niet benauwend warm, zoals in het heetst van de hittegolf die ons nu al dagenlang in zijn greep houdt... Maar vríéndelijk warm, áángenaam warm, als in de armen van een goede, een héél goede vriend...'

'Ja ja,' onderbrak Raf me geërgerd. 'Bespaar onze luisteraars dit soort dichterlijke beschrijvingen, alsjeblieft.'

Ik keek verstoord op van het blad. Zijn onderbreking stond niet in de tekst. Raf keek verstoord terug. Dacht hij soms dat ik bij die woorden aan Evert gedacht had? Was hij echt jaloers? Nu goed, ik hád bij die woorden inderdaad aan Evert gedacht. En wat dan nog?

'Onwillekeurig zette ik de cassetterecorder aan die ik had meegebracht om de vogelgeluiden op te nemen,' vervolgde ik. 'Nog een geluk, want toen verschenen er lichtgevende letters in de lucht...'

'Ah ja,' zei Raf sarcastisch. 'En díé wilde je dus opnemen met je cassetterecorder.'

Ook dát stond niet in de tekst. Ik keek opnieuw verstoord op. Raf keek staalhard terug. In andere omstandigheden zou er een ondeugende glimlach om zijn mond gelegen hebben, maar daar was nu geen spoor van te bekennen. Hij was een en al ernst. Dodelijke ernst. Ik besefte dat hij ons verhaal probeerde te saboteren en richtte mijn blik op Evert, die achter Raf zat. Evert gaf te kennen dat ik geen acht moest slaan op Raf en gewoon moest doorgaan.

Gelijk had hij. Ons hoorspel werd toch niet rechtstreeks uitgezonden: in de VRB-studio namen we er gewoon een bandje van op dat we later de ether in zouden sturen. We konden dus nog naar hartenlust sleutelen aan deze opname. En als Raf kinderachtig wilde zijn... Evert en ik zouden ons daardoor in elk geval niet laten afschrikken. Nu we eindelijk eens iets spannends gevonden hadden om de vakantie mee door te komen, iets waarmee we de kranten konden halen en misschien zelfs het tv-journaal, nu ging het jaloerse kereltje dwarsliggen! Anders stond Rafje altijd vooraan als het aankwam op het uithalen van kattenkwaad, maar nu het idee voor één keer niet uit zíjn armzalige koker was gekomen, wilde hij ons saboteren. Bah!

'Nee, sufferd,' zei ik tamelijk bars. 'Ik vóélde gewoon dat er iets te gebeuren stond, en dáárom zette ik die cassetterecorder aan. Zoiets doe je intuïtief, zonder erbij na te denken. En ik heb gelijk gekregen!'

Blij met mijn geslaagde improvisatie op zijn onvoorziene

vraag wierp ik een triomfantelijke blik op Raf. Op de achtergrond, half weggedoken achter zijn indrukwekkende apparatuur, wierp Evert me een kushandje toe. Ik begon te gloeien. Ik moet hetzelfde rode kreeftenkleurtje gekregen hebben als Evert, geloof ik. Dat stoorde mij, tussen haakjes, allang niet meer. Eigenlijk was het best wel origineel, en het paste perfect bij dat koperrode haar van hem. Al was het natuurlijk erg ongezond en al zal het wel veel pijn gedaan hebben. Vroeg of laat moest ik het daar toch eens met hem over hebben.

'Ik heb gelijk gekregen,' herhaalde ik, 'want eerst verschenen dus die lichtgevende letters in de lucht... Drie letters, om precies te zijn... SOS.'

'Save Our Souls?'

'Precies... En het volgende ogenblik kwam de UFO naar beneden.'

'Het ging dus wel degelijk om een UFO?'

'Ongetwijfeld. En die UFO crashte. En ik kan het bewijzen ook.'

'De bandopname?'

'Ja... Ik stel voor dat we er nu even naar luisteren.'

Toen galmde het geluid dat we eerder die dag opgenomen hadden door de studio. Wat de speciale effecten betrof, hadden wij wel modernere spullen ter beschikking dan de wc- en augurkenpotten van ons grote voorbeeld, de beroemde Orson Welles. Evert was als een ware tovenaar aan de slag gegaan met zijn ingewikkelde apparatuur. Er was een werkelijk indrukwekkende reeks geluiden te voorschijn gekomen, die het crashen van de UFO moesten suggereren.

Eerst was er een hoog gesuis, dan een laag gesis. Daarboven uit gilde iets wat leek op een alarmsirene. Er was ook het eentonige gedreun van een stampende machine, een motor misschien. Er waren verschrikte vogelgeluiden, het kraken en breken van takken en bomen. Er was een woest bulderend geraas, een doffe klap van onbekend metaal op aarde. (Het metaal móést wel van een op aarde onbekende soort zijn, want het bracht een zwaar geluid voort en tegelijk iets wat nog het best omschreven kan worden als een rinkelend getinkel, ijl zingend en zwiepend en snerpend scheurend.)

Het was formidabel! De stilte die op de crash volgde! En toen het schuchtere, bedeesde tjilpen van een mus... Eén enkele mus. Tenslotte een tak die, duidelijk hoorbaar, als na een eindeloze salto eindelijk weer op de aarde viel...

'Hoe het mogelijk is, weet ik niet,' zei ik, toen ik vond dat de stilte na die ene vallende tak lang genoeg geduurd had, 'maar ten minste één van de ufonauten moet het overleefd hebben. Toen de UFO naar beneden kwam, was ik in paniek gaan lopen. Dat heeft mijn leven gered. Een brokstukje van de UFO raakte me tegen het hoofd, maar het deerde me amper. Het metaal was erg sterk, maar tegelijk ook zo dun en licht als... als papier. Het kwam wel met een geweldige snelheid tegen mijn hoofd terecht, zodat ik toch nog even het bewustzijn verloor. Het spijt me als dit een beetje verward klinkt, maar u moet begrijpen dat het ook een heel verwarrende toestand was...'

'Dat begrijp ik,' zei Raf.

'Nu goed, toen ik dus weer bij bewustzijn kwam, zag ik dat er een... een wezen uit het wrak van de UFO kroop. Het was geen man, geloof ik. Maar ook geen vrouw.'

'Geen man en ook geen vrouw?'

'Nee... Iets tussenin.'

'Een engel?'

'Ja, maar zonder vleugels dan... Een ongelooflijk mooi wit wezen... Ik kan me het gezicht van dat wezen niet goed meer voorstellen... Het leek op een menselijk gezicht, maar het had een andere kleur...'

'Rood?' vroeg Raf met een uitgestreken gezicht.

Deze keer wist ik niet meteen een snedige improvisatie te verzinnen om hem van antwoord te dienen. Hulpeloos keek ik naar Evert. Hij gaf weer te kennen dat ik er geen acht op moest slaan, dat ik maar beter gewoon kon doorgaan. Dat probeerde ik ook.

'Geen idee,' stamelde ik. 'Het had geen haren, geen oren en maar een heel kleine neus. Toch was het niet lelijk. Integendeel, het was heel erg mooi.'

'Hoe groot was het?'

'Ongeveer even groot als ikzelf. Het was van top tot teen gekleed in een soort plastic, dat verblindend schitterde. We hebben gepraat... Ik bedoel, het wezen heeft met mij gepraat. Ik was daar niet echt toe in staat...'

'Van de redevoering van de ufonaut heb je ook een bandopname, neem ik aan?'

'Ja...'

Evert liet de tweede geluidsmontage horen die we vooraf gemaakt hadden. Het klonk een beetje zoals woorden op een cassette die omgekeerd wordt afgedraaid: nietszeggende klanken die worden ingeslikt en uitgeblazen. En deze woorden leken bovendien fluitend ingeslikt en stomend uitgeblazen te worden. Daarmee bedoel ik dat ze klonken alsof de stembanden van het wezen waren vervangen door een hoog en scherp scheidsrechtersfluitje én een soort stoommachine.

'Wat had de ET je eigenlijk te vertellen?' vroeg Raf, toen de geluidsmontage afgelopen was.

'Natuurlijk begreep ik geen snars van de woorden die hij uitsprak,' antwoordde ik. 'Ze klonken waarschijnlijk zo vreemd omdat het wezen geen tanden had. Maar op een heel eigenaardige manier hoorde ik tegelijk zinnen in mijn hoofd, alsof wij ook telepathisch met elkaar in contact stonden.'

'En welke zinnen hoorde je dan in je hoofd, als ik vragen mag?'

'Het wezen zei me dat zijn UFO gecrasht was en vroeg waar of door wie hij en de andere ufonauten geholpen konden worden.'

'En wat heb je hem geantwoord?'

'Ik zei dat ik er geen idee van had waar en door wie hij geholpen kon worden. Maar áls hij en zijn makkers geholpen wilden worden, moesten ze hoe dan ook iets aan hun uiterlijk doen. Anders zouden de mensen wel eens erg van hen kunnen schrikken. En bange mensen zijn nu eenmaal tot alles in staat, nietwaar.'

'Maar zélf was je niet bang meer?'

'Nee, zélf was ik niet bang meer.'

'En toen?'

'Welleuh... Toen zei het wezen dat dit geen probleem vormde en het volgende ogenblik begon het al... te veranderen.'

'Waarin?'

'Nou... In een menselijk wezen.'

'Kun je misschien iets duidelijker zijn?'

'In een... In een erg knappe jongen, eigenlijk. Tegelijk verschenen er een paar andere ufonauten uit het wrak. Op hun borst droegen ze apparaatjes, niet groter dan mijn cassetterecordertje. Dat moeten een soort magneten geweest zijn, want daarmee trokken ze de wrakstukken aan die her en der in het bos verspreid lagen. Dat merkwaardig lichte en toch sterke metaal vloog naar hen toe, vouwde zichzelf op en verdween in die apparaatjes. Terwijl die ufonauten daarmee bezig waren, veranderden ook zij in... aardbewoners, om het zo maar eens uit te drukken. Een man en een vrouw, om precies te zijn. In een mum van tijd werden alle wrakstukken opgeruimd en viel er geen spoor meer te bekennen van de UFO. De

Duivelsputten hadden er alleen een nieuwe put bij gekregen, waar de UFO was gecrasht. Er waren op die plaats ook een stuk of wat bomen geknapt, maar voor de rest wees niks er meer op dat hier zopas nog een UFO-crash had plaatsgevonden. Als je niet beter wist, zou je gewoon gedacht hebben dat de bliksem hier een paar keer was ingeslagen.'

'En toen?'

'Wel, dat alles had nauwelijks een minuut of zo geduurd. De ufonaut met wie ik al kennisgemaakt had, had het allemaal op een afstand staan bekijken. Hij was duidelijk de gezagvoerder. Nu richtte hij zich tot mij en stak zijn hand naar me uit. Het leek alsof hij me wilde bedanken voor mijn goede raad. Of misschien wilde hij afscheid nemen en was hij er al op een telepathische manier achter gekomen dat dit de manier was waarop wij dat deden. Ik weet het niet en ik zal het waarschijnlijk wel nooit meer te weten komen. Want ik pakte zijn hand en... viel flauw.'

'Je viel flauw?'

'Ik viel flauw, ja. Het was alsof ik een elektrische schok kreeg... Alsof er een hittestraal door mijn hele lichaam trok, die mij vanbinnen verschroeide, van top tot teen... Ik verloor opnieuw het bewustzijn en toen ik weer bijkwam, was er niet alleen van de gecrashte UFO geen spoor meer te bekennen, maar waren ook de ufonauten in rook opgegaan...'

ET

(Raf)

Zeg nu zelf! Een radioreportage over een trut die naar de vo-
geltjes gaat luisteren en in plaats daarvan een stel geflipte
ruimteventjes ontmoet... die dan nog met een apparaatje op
hun buik voor privé-vuilnisophaaldienst spelen ook! Niemand zou zo stom zijn om dát te geloven!

'Doe. Het. Niet!' bezwoer ik Evert en Eva. 'Doe. Het. Niet!
Zend dit niet uit! We zullen ons onsterfelijk belachelijk maken!'

Maar ze waren niet voor rede vatbaar. Van Evert had ik eigenlijk niks anders verwacht. Hij had de tekst geschreven en
de geluidsmontages gemaakt. Niemand ziet graag zijn werk in
de prullenmand belanden. Maar van Eva had ik toch een béétje gezond verstand verwacht. Als ze twee minuten nadacht,
moest ze toch beseffen dat dit nergens op sloeg. Bovendien
zou de gemiddelde VRB-luisteraar desnoods wel met Valentino
naar San Marino stomen, maar daarom nog niet met een ufonaut naar het Zwarte Woud! *Met alle Chinezen, maar niet met een
ruimtewezen!* hoorde ik de nuchtere Heerenbodegemnaren al
uitroepen. En in mijn verbeelding zag ik hen de OFF-toets van
hun radiotoestel indrukken.

Eva kon er blijkbaar niet bij. 'Geloof me, Raf, dit wordt een
grandioos succes!' betoogde ze, waarna ze Evert weer in
stompzinnige bewondering gade begon te slaan.

Ik vroeg me af hoe die kerel haar in zo'n korte tijd had weten te betoveren. Ze was duidelijk smoorverliefd op hem. Als
ze hem aankeek, zag je haar smelten als een ijslolly op het dak
van een *van* die te lang in de brandende zon heeft gestaan.

Evert en Eva bleven dus bij hun standpunt. Morgen, als de

hitte weer ongenadig toesloeg, zouden ze Carl voorstellen hem de hele namiddag te vervangen. Hij zou ongetwijfeld toehappen. Dan kon hij nog eens naar de stad, waar ze wél een zwembad hadden, om een frisse duik te nemen. En als hij weg was, zouden ze het programma uitzenden dat nu helemaal opgenomen en gemonteerd was. En dan zou er in het saaie Heerenbodegem eindelijk nog eens iets spannends gebeuren.

Ik smeekte hen het niet te doen. Ik wees hen op het feit dat Carl en Willy het hoegenaamd niet leuk zouden vinden en dat Evert zijn uitzendingen bij Vrije Radio Bode in de toekomst wel op zijn buik zou mogen schrijven. Ik bezwoer hen dat de moderne mens heel wat minder lichtgelovig was dan in de tijd van hun beroemde voorbeeld Orson Welles. Ik had het over de nepverhalen over marsmannetjes en ruimtewezens waarmee wij in de zomerse komkommertijd altijd weer overspoeld werden, zodat niémand deze reportage nog ernstig zou nemen. Maar het bracht hen niet tot inkeer. Niets of niemand kon hen nog van mening laten veranderen.

Stom kalf! verwenste ik mezelf. *Wat voor een driedubbel overgehaalde idioot ben jij toch om aan zo'n maf programma mee te werken! Waarom heb je dat eigenlijk gedaan? Of beter: voor wie heb je dat gedaan? Je wilde Eva's gezicht redden, nietwaar? Maar je had beter wat meer op je eigen gezicht gelet, Rafje! Je hebt Eva al reddeloos verloren aan Evert en zijn idiote ideetjes!*

In mijn verbeelding zag ik mezelf na de vakantie door de schoolpoort lopen. Ik zag de grijnzende, spottende gezichten van mijn vrienden zo voor me. *Dacht je nu echt dat wij zo stom waren als jij, Rafje? Dacht je nu echt dat wij zo achterlijk waren dat we je belachelijke verhaaltje zomaar zouden slikken?* Ik zou een modderfiguur slaan. En dat moest ik tot elke prijs vermijden. Maar hoe?

Evert stak de cassette zorgvuldig in het plastic doosje, waarna hij dat in het borstzakje van zijn schreeuwlelijke hemd liet

verdwijnen. 'Die zèl ik vènnècht heel dicht bij mij bewaren!'
glimlachte hij, alsof hij het over zijn liefste teddybeer had.
'Het zou toch doodjèmmer zijn als er iets fout mee liep, hé?'

Toen wist ik wat me te doen stond. Ik moest die cassette be-
machtigen, zodat ze niet meer uitgezonden kon worden. De
vraag was alleen hoe. Zoiets leren ze je niet op school. Daar
stoppen ze je alleen vol onpraktische weetjes, waar je voor de
rest van je leven niks meer aan hebt. Zinsontleding, om maar
iets te zeggen. Vraagstukken die nog moeilijker te bedenken
dan op te lossen zijn.

Ik moest de kwestie zo nuchter en zo zakelijk mogelijk be-
naderen. Wetenschappelijk bijna, zoals de oplossing van zo'n
vraagstuk. Dan dienden die toch nog ergens voor. Het was onmogelijk de cassette nu uit het borstzakje van zijn hemd te
plukken. Ik moest de cassette dus bij hem thuis gaan halen,
terwijl hij sliep.

Maar waar kon ik Everts thuis vinden? 'Overal en nergens,'
had hij gezegd. Woonde hij soms samen met zijn ouders in
die krankzinnige bestelwagen? Ik kon het me amper voorstellen. Zo'n van was veel te klein om er met z'n drieën in te leven. Er een maand of zo op reis mee gaan, ja, dat ging nog
net... Maar er dag in dag uit in verblijven? Nee.

Bovendien had Evert zich net voor we het hoorspel opnamen nog laten ontvallen dat de bestelwagen professioneler
was uitgerust dan de studio van Vrije Radio Bode. Dat kon
best. Om al die geluidsopnamen te maken had hij heel wat
toestellen nodig.

'Wóón jij eigenlijk in die bestelwagen?' vroeg ik hem
plompverloren.

Hij keek me verwonderd aan. 'Waarom vraag je dèt?'

'Zomaar. Het moet daar toch wel erg krap zijn, zo samen
met je pa en ma.'

'Met Yennick en Josh,' verbeterde hij me. 'Maar je hebt gelijk. De bestelwagen is te klein. We hebben ook een woonwagen.'

Ook Eva keek Evert nu verbaasd aan. 'Waarom heb je me dat niet verteld, Evert?' vroeg ze ontgoocheld, alsof ze zich verraden voelde omdat hij dat voor haar geheim had gehouden.

Evert haalde zijn schouders op. 'Omdèt het niet vèn pès kwèm.'

'En waar staat die woonwagen dan?' drong ik aan. Ik kon me niet herinneren hem op het dorpsplein gezien te hebben.

'Aan de èndere kènt vèn het dorp, bij het bos. Het is daar veel rustiger dèn op het kerkplein.'

Ik snapte er niks meer van. Waarom zette je de ene wagen nu op het plein en de andere een paar kilometer verderop?

Evert scheen mijn gedachten te raden. 'De woonwagen staat daar voor de rust en de koelte,' verduidelijkte hij. 'Maar voor opnamen is die plaats niet geschikt. Daarvoor kèn je beter op het plein staan. Bomen verhinderen het contèct.'

'Welk contact?' vroeg Eva beduusd.

'Met de geluidsgolven,' zei Evert. 'Onder de bomen kèn ik die niet onderscheppen. Op een open plein kèn dèt wel.'

Dat klonk tenminste een beetje logisch. Toch leek Evert me op een of andere manier nog altijd te ontglippen. Wie was hij echt? Wat hield hem echt bezig? En hoe kon ik verhinderen dat hij de opname uitzond die Eva en mezelf voor eeuwig en één dag compleet belachelijk zou maken in de ogen van iedereen die in een straal van acht kilometer rond Vrije Radio Bode woonde? Want zo ver ging het zendbereik van de radio.

Evert keek op zijn horloge. Een sciencefictionachtig ding met een indrukwekkend aantal radertjes en tandwieltjes.

'Oei,' zei hij. 'Èl zo laat? Ik moet maar eens opstèppen. Ze verwèchten me thuis voor het avondeten.'

Hij glimlachte naar Eva en stond op.

'Je komt vanavond toch nog terug?' vroeg ze.

'Ik zèl proberen,' zei Evert. 'Waar spreken we èf? Hier?'

Eva knikte. 'Maar we hoeven hier niet de hele avond te blijven,' zei ze. 'We kunnen ook wat fietsen of wandelen.'

Niet alleen haar ogen werden wazig, ook haar stem leek nu alle vastheid te verliezen. Ze had die laatste zin gefluisterd, zodat de woorden oplosten nog voor ze uitgesproken waren.

Ik voelde me inwendig koken van woede. Begon die meid hier afspraakjes te maken terwijl ik erbij stond, zonder ook maar één ogenblik aan mij te denken!

Evert leek haar onuitgesproken boodschap begrepen te hebben, maar zal tegelijk ook wel aangevoeld hebben dat ik zo stilaan het kookpunt had bereikt. Hij keek eens vluchtig mijn kant uit, ongerust bijna.

'En jij?' vroeg hij. 'Kom jij ook?'

Hoewel ik het allesbehalve leuk vond dat Eva mij zo nadrukkelijk in de kou liet staan, kwam het mij wel goed uit als zij samen met haar Evert wat in het maanlicht wandelde, vanavond. Dan was hij alvast zijn woonwagen uit. Misschien hoefde ik zijn ouders dan alleen maar wat voor te liegen om de cassette te pakken te krijgen.

Ik knipoogde dus medeplichtig naar hem en zei dat ik liever televisie keek, vanavond. Er werd een voetbalwedstrijd uitgezonden die ik niet wilde missen...

De woonwagen stond half verscholen tussen de bomen en het struikgewas. Hij leek de kruising van een kermiswagen en een Engelse bus, een *tweedekker*. Er was wat mis met de ramen van de woonwagen. Ze waren kriskras verspreid over de hele zijkant van de bus. En ze pasten niet bij elkaar.

Uiterst links zat een groot raam. Er hingen twee luiken voor, die dichtgeklapt waren, wellicht om de warmte buiten te houden. De luiken waren in een vieze, gifgroene kleur geschilderd. Waar de verf afbladderde, zaten roestbruine vlekken die me aan eczeem deden denken. Naast het grote raam bevonden zich vier kleine, ronde raampjes boven elkaar. Patrijspoorten, die van ijzer gemaakt leken en afgesloten waren met metalen kleppen. Net vier identieke kookpotten met identieke deksels.

Rechts naast de 'kookpotten' was er een rechthoekig, mansgroot gat dat waarschijnlijk als deur dienstdeed. Dit gat was niet afgesloten, maar er hing wel een vliegengordijn voor, zodat ik vanuit mijn veilige schuilplaats in het struikgewas onmogelijk naar binnen kon kijken. Het vliegengordijn hadden ze duidelijk zelf gemaakt: het bestond uit een reeks touwtjes waaraan ontelbaar veel kroonkurken hingen. Ik stelde me het rinkelende geluid voor dat die kroonkurken voortbrachten zodra iemand ze aanraakte. Het zou vast niet makkelijk worden om ongemerkt de woonwagen binnen te dringen...

Naast de deuropening zaten twee driehoekige ramen die omgekeerd op elkaar gezet leken. De onderkant van de bovenste driehoek raakte de bovenkant van de onderste driehoek, zodat ze als het ware een zandloper vormden. Deze ramen waren niet afgesloten, maar bestonden uit ondoorzichtig, melkachtig glas. Het had dus geen zin om dichterbij te sluipen: door dat troebel glas zou ik toch niks kunnen zien.

Ik probeerde na te denken. Evert zou na het avondeten wel vertrokken zijn en zat nu wellicht met Eva op het maanlicht te wachten. Waarschijnlijk had hij de cassette niet meegenomen. Waarom zou hij ook? Hij zou ze alleen kunnen verliezen terwijl hij in haar ogen liep te kijken. Of hij had ze ergens in de woonwagen verstopt, of zijn ouders zouden ze wel weten te vinden, als ik met een geschikt smoesje kwam.

Ik pijnigde mijn hersenen om zo'n smoesje te vinden. Ik vond er geen. De woonwagen op goed geluk binnenstormen en ondersteboven keren op zoek naar de cassette leek mij ondertussen ook al een veel slechter idee dan het eerder die dag had geleken. Toen had ik er nog iets heldhaftigs en avontuurlijks in gezien. Nu alleen iets onmogelijks.

Het was al na negenen. De zon begon onder te gaan. De schemering viel in. Schaduwen werden langer en de woonwagen werd een onwerkelijke schim uit een andere wereld. Onbereikbaar.

Ik had net besloten onverrichter zake terug naar huis te gaan, toen het vliegengordijn begon te rinkelen. Ik zakte onmiddellijk weer door mijn knieën. Twee schimmen kwamen de woonwagen uit. *Yennick en Josh.* Ze hadden allebei de dieprode kleur die Evert zo deed opvallen, en ze hadden ook allebei hetzelfde koperkleurige kapsel. In het licht van de ondergaande zon leek er een gloed uit hun schedel op te stijgen, die een stralenkrans vormde om hun hoofd, zoals je die soms op oude schilderijen van engelen en heiligen zag.

Josh was lang en pezig. Hij droeg een soort plastic badmantel, doorschijnend paars, waaronder twee magere, haarloze benen vandaan kwamen. Yennick was wel een hoofd kleiner en droeg eveneens een paars gewaad dat tot halverwege haar kuiten reikte. Haar haren lagen in dikke wrongen om haar schedel, als polsdikke wurgslangen.

Ze zagen er bizar en zelfs een beetje angstaanjagend uit. Ze leken niet tot deze wereld te behoren in hun glasachtige paarse mantels. Ik kon me moeilijk voorstellen dat deze vreemde schepsels een avondwandelingetje gingen maken, maar toch was het precies dát wat ze blijkbaar van plan waren. Ze waren al haast in het schemerduister opgelost toen het tot me doordrong dat ze de deur niet hadden afgesloten.

Met koortsachtige spanning keek ik naar het vliegengordijn dat roerloos in de windstille avond hing. Dit was mijn kans! Zo'n gelegenheid kreeg ik niet meer!

Ik stond op, keek in de richting waarin ik Everts ouders had zien verdwijnen. De schemering was nog dikker geworden en hing als vage, grijze watten tussen de bomen. Het leek wel of bomen en wolken gedeeltelijk weggegomd werden en zo langzaam maar zeker overgingen in het effen grijs van de nacht.

Ook weggegomd waren Everts ouders. Die leken niet van plan meteen terug te keren. Ik moest dus gewoon naar binnen gaan en die cassette zoeken, vinden en vernietigen. Zo simpel was dat. *Gewoon ergens inbreken en een diefstalletje plegen, Rafje!*

Als in een droom liep ik naar de woonwagen. Ik was zo zenuwachtig dat alle gevoel uit mijn lichaam wegvloeide. Alsof mijn knieën van rubber waren en mijn benen van gelei.

Ik strekte mijn arm uit naar het vliegengordijn en op dat ogenblik...

Een elektrische schok! Het golfde door mijn hele lichaam! De vier patrijspoorten klapten open en...

Dit was vreselijker dan de gruwelijkste nachtmerrie die ik ooit gedroomd had. Uit alle vier de patrijspoorten klapte een mensenhoofd naar buiten.

Mensenhoofd? Behoren die afgrijselijke koppen eigenlijk wel aan ménsen toe, Rafje? Hebben we het hier niet over de koppen van wezens van een andere planeet?

Het olijfgroene hoofd dat vlak naast mij te voorschijn schoot, zag er bijvoorbeeld zo afschuwelijk en tegelijk zo levensecht uit dat mijn maag zich binnenstebuiten keerde. Het had maar één groot, bloeddoorlopen en lichtgevend oog dat me aanstaarde alsof het dwars door me heen wilde kijken. Ook de andere koppen die onder en boven deze verschrikkelijke eenoog naar buiten schoten, waren zo onbeschrijflijk lelijk dat ze onmogelijk aan mensen konden toebehoren.

En dan de geluiden die ze maakten... Dat onmenselijke hikken, lachen, kreunen en gillen tegelijk... De tandeloze, rimpelige kop bovenaan... Zijn kreten klonken als het krassen van vingernagels op een schoolbord... Al mijn haren kwamen er recht omhoog van te staan en struikelend deinsde ik achteruit in de richting van het grote raam, starend naar die vier onmogelijke koppen in de zachte schemering... En plots, plots begonnen ook de luiken van het grote raam roestig en knerpend te bewegen... En het was géén inbeelding, géén hallucinatie, géén fata morgana wat ik toen zag... Nadat de luiken zich moeizaam en tergend langzaam geopend hadden als de schilferige vleugels van een vleermuis die eeuwenlang niet meer gevlogen had, flitste er een verblindend licht aan en daar was... Het... Ik kan gewoon geen andere naam bedenken voor het Ding dat zich aftekende in die lichtgevende vlek...

Het was zo'n anderhalve meter lang. Het was koperkleurig. Het zag eruit als een harige, gebochelde hagedis en Het schoot als een roofdier op me toe, weg uit de verlichte rechthoek waarin Het zichtbaar was geworden... In een reflex sloeg ik mijn armen voor mijn gezicht en kromp ineen, wachtend op het onvermijdelijke... Maar het onvermijdelijke gebeurde niet en toen ik na enkele seconden verward de blik opsloeg, zag ik Het opnieuw: Het hing nu roerloos boven mij, en nee, Het vloog niet, Het zweefde zelfs niet, Het hing daar gewoon, levenloos en levend tegelijk... Het keek me aan met doordringende, ijzig koude vissenogen die me leken te hypnotiseren...

Toen hoorde ik een angstige vrouwenstem: 'Is daar iemand?'

Meteen daarop een mannenstem: 'De Wachter! De Wachter heeft alarm geslagen!'

Dat moesten Everts ouders zijn! Ze hadden de geluiden en de lichtflitsen natuurlijk ook opgemerkt en waren op hun stappen teruggekeerd!

Ik schoot overeind en snelde ervandoor.

Pas toen ik thuis hijgend in de gang stond en de voordeur in mijn rug voelde, durfde ik stil te blijven staan. Eén vraag schroeide door mijn hoofd: *Met wie of wat ben ik in 's hemelsnaam in contact geweest?*

Het harige en gebochelde wezen dat met de snelheid van een tijger op me was toegeschoten om dan plots roerloos in de lucht te blijven hangen... Een vreemde levensvorm? Een ruimtemonster dat zo uit een crashende UFO kwam gevlogen?

En Evert dan? En zijn ouders, Rafje?

Ik probeerde de gedachte te verdringen. Marsmannetjes, buitenaardse wezens, *aliens*... in boeken en films mochten dat boeiende onderwerpen zijn, maar die kerels landden nu eenmaal niet in je achtertuin, laat staan in het dooie Heerenbodegem!

En toch... De huidkleur van Evert en zijn ouders... Het elektrische schokje dat Carl kreeg toen hij Evert de hand drukte... Het feit dat Evert absoluut dat rare radioprogramma wilde lanceren... De reportage over de gecrashte UFO... De geluiden die zo levensecht hadden geklonken... Die vreemde 'muziek', gemaakt met vliegtuigmotoren en scheerapparaten... Was Evert soms ook op aarde gecrasht en wilde hij via het radioprogramma een soort SOS-boodschap naar zijn soortgenoten sturen?

Nee, dit kan niet, dit mag niet! Compleet absurd! Hou op met fantaseren, Rafje! Evert Terreyn is geen E...

ET?!

De initialen! De eerste letter van Everts voor- en achternaam! ET! Dat was tegelijk de naam van het ruimtewezentje in de film van Steven Spielberg! Extra Terrestrial betekende dat! Buitenaardse!

Evert Terreyn... ET.

En was terra, waar Terreyn toch van afgeleid moest zijn, niet het Latijnse woord voor 'aarde'? Ja hoor! Ze hadden hier in Heerenbodegem een restaurantje dat Terra Nova heette. Toen we er de eerste - en enige - keer gingen eten, vond ma dat de aardappelen een beetje een grondsmaak hadden en had pa lachend gezegd dat je niets anders kon verwachten in een res taurant dat letterlijk vertaald Nieuwe Aarde heette...

PANIEK IN HEERENBODEGEM
(EVA)

'Je moet alle contact meteen verbreken! Evert Terreyn is een ruimtewezen! Een *alien*! Hij is hier neergestort met zijn UFO en hij probeert zich nu te laten ophalen door zijn soortgenoten! Straks loopt het hier vol knalrode ventjes!'

Stomverbaasd keek ik Raf aan. Zo overstuur had ik hem nog nooit meegemaakt. Had hij soms een zonnesteek?

'Ik méén het!' riep hij uit. 'Evert is een ruimtewezen! Die naam alleen al! E-E-Evert T-T-Terreyn! ET! En zijn ouders zien er al even rood en angstaanjagend uit!'

'Wanneer heb je hen dan gezien?'

'Gisteravond. Ik ben naar hun woonwagen gegaan. Die wordt bewaakt door buitenaardse monsters. Er is ook een harig, gebocheld ding bij. Net een misvormde hagedis.'

Wat mankeerde Raf eigenlijk, dat hij hier om tien uur 's ochtends op de stoep lugubere griezelverhalen stond op te dissen? Hij die altijd zo nuchter was geweest, die míj altijd verweet dat ik te veel fantasie had...

Toen drong het tot me door. Natuurlijk. Raf was stikjaloers omdat ik de vorige avond in m'n eentje met Evert was gaan wandelen... Maar ja, eigen schuld, dikke hagedissenbult! Raf had zelf gezegd dat hij liever naar het voetbal wilde kijken!

'Je hoeft je niet zo ongerust te maken,' zei ik. 'Evert en ik zijn gisteravond alleen maar wat gaan wandelen. We hebben gepraat, meer niet.'

'Dat heeft er niks mee te maken! Evert is gevaarlijk. Je moet alle contact met hem verbreken. En je moet er vooral voor zorgen dat hij die cassette niet kan uitzenden. Ze staat vol geheime boodschappen. Herinner je je die vreemde blaas- en fluitklanken nog? Ik ben er haast zeker van dat het boodschappen voor andere ET's zijn. Net als in dat hoorspel van Orson Welles zullen ze hier landen, maar nu zal het allemaal écht gebeuren! Ze zullen zich tussen ons verspreiden, ons misschien uitmoorden! Niemand kan voorspellen of ze gevaarlijk zijn of niet!'

Er viel een korte pauze. Ik was te verbouwereerd om veel te kunnen antwoorden. Meende Raf het echt of speelde hij maar een spelletje? Als dat zo was, had hij in ieder geval met veel overtuiging geacteerd. Misschien kon ik zijn spelletje toch beter meespelen. Wie weet werd het nog gezellig...

'Evert, een ruimtewezen...' zuchtte ik dus, en ik probeerde mijn stem deze keer niet geamuseerd, maar ernstig te laten klinken. 'Wie had dat ooit kunnen denken?'

'Ik kon het ook niet geloven,' zei Raf, wat rustiger nu. 'Tot ik die verschrikkelijke monsters zag. Toen werd me alles duidelijk.'

'Was die met zijn bloeddoorlopen ogen er ook bij?' vroeg ik.

Ontzet staarde Raf me aan. 'Hoe weet jij dat?'

Nu ja, je hoefde niet over een glazen bol te beschikken om er een stel bloeddoorlopen ogen bij te halen als het over monsters ging. Zo eentje zat er altijd wel bij.

Ik moest even de andere kant op kijken om niet in lachen uit te barsten. 'Ik zal het maar bekennen,' fluisterde ik toen. 'Evert heeft me er gisteravond over verteld. De hele woonwagen wordt erdoor bevolkt. Maar hij noemde het geen monsters, hoor. Voor hem zijn het gewoon andere levensvormen.'

'Ja... Ja, natuurlijk,' zei Raf nadenkend. 'Ze komen van een planeet uit de Andromeda Nevel. Vanuit hun UFO's houden ze de aarde al jaren in het oog. Maar nu is er eentje gecrasht en...'

Ik schraapte mijn keel om een lachkriebel te onderdrukken.

Raf scheen het niet op te merken. Ik besloot mijn verhaaltje nog wat aan te dikken.

'Hun UFO is helemaal uitgebrand,' zei ik. 'Ze moesten toch ergens onderdak zoeken, en toen zijn ze met z'n allen een lege woonwagen ingetrokken. Ze hopen snel opgepikt te worden. Daarom heeft Evert, zoals jij al vermoedde, die bandjes gemaakt. Die vreemde geluiden zijn inderdaad boodschappen die alleen door zijn soortgenoten begrepen kunnen worden. Zodra ze de boodschap ontvangen hebben, zullen ze hem en zijn vrienden komen redden.'

'En dat heeft hij je allemaal zomaar bekend?'

Ik knikte. Dit leugentje kwam me nog goed uit ook. Zo hoefde ik Raf niet te vertellen wat er wél tussen Evert en mij was gezegd. Raf zou het toch maar hopeloos romantische prietpraat gevonden hebben en nog jaloerser zijn gaan reageren.

'Als ik het goed begrijp, vind jij dat we dat bandje vanmiddag dus wél moeten uitzenden?' vroeg hij.

Ik knikte heftig. 'Evert moet hier zo snel mogelijk vandaan! Hij kan het tenslotte ook niet helpen dat zijn UFO neergestort is. Hoe zou jij je voelen als je een lekke band kreeg op een of andere verre en vijandige planeet, hé, Raf?'

'Maar stel dat Evert je wat voorgelogen heeft... Dat er geen reddingsactie, maar een heuse inval wordt gepland. Wat dan?'

Snel pakte ik mijn zakdoek. Ik verstopte mijn krampachtig trekkende mond achter de blauwe stof.

'Dat risico moeten we dan maar nemen, Raf,' kon ik nog uitbrengen.

Toen begon ik omslachtig mijn neus te snuiten. Het klonk als hoesten, lachen en snuiten tegelijk. Maar Raf was veel te ver weg om dat op te merken...

'Oké, hier gaan we dèn,' zei Evert terwijl hij met een plechtig gebaar de cassette in de recorder stak en het ding aanzette.

Meteen hoorde ik mijn eigen stem: *Ik wilde bij valavond wat vogelgeluiden opnemen in het bos. Dat is namelijk mijn hobby, moet u weten...*

Tot nu toe was de operatie helemaal volgens plan verlopen. Carl was maar wat gelukkig dat we hem met deze hitte een hele middag kwamen vervangen. Hij had ons nog snel op het hart gedrukt niet alleen de liedjes te draaien die we zelf goed vonden en was er dan holderdebolder vandoor gegaan, het zwembad tegemoet.

Raf had niet meer tegengeprutteld toen ik hem voorgesteld had de cassette toch uit te zenden. Vier uur later liep hij er wel nog altijd een beetje bleek en wezenloos bij. Hij hield Evert voortdurend in het oog, alsof hij verwachtte dat die elk moment kon veranderen in een ET. Het leek er kortom meer en meer op dat Raf géén toneelstukje had opgevoerd, die ochtend. Blijkbaar geloofde hij echt dat er met Evert iets niet in orde was. Wat mocht hij de vorige avond, bij de woonwagen, dan wel gezien hebben? Ik had er geen idee van, maar mijn nieuwsgierigheid was wel gewekt.

De studiotelefoon rinkelde. Vol verwachting keek ik Evert aan.

'Cèrl?' vroeg hij.

Mmm, Carl was best in staat om zijn *sound blaster* mee te zeulen naar het zwembad. Dan zou hij meteen gehoord hebben dat we van zijn afwezigheid gebruik hadden gemaakt om geen liedjes, maar een sciencefictionreportage uit te zenden. In gedachten zag ik hem met een van woede vertrokken gezicht in het telefoonhokje van het zwembad staan. Maar het was natuurlijk ook mogelijk dat onze voorspelling uitkwam en dat de luisteraars massaal zouden reageren, net als bij het hoorspel van Orson Welles.

Ik nam de telefoon op. 'Hallo?'

'Met Vrije Radio Bode?' Een gespannen vrouwenstem.

'Ja.'

'Het is om te zeggen dat ik ze ook heb zien vliegen.'

Ik keek naar Evert en stak mijn duim in de lucht. Het werkte!

Evert bracht zijn handen achter zijn oren. Natuurlijk, hij kon niet horen wat er gezegd werd. Ik drukte op het knopje van de ingebouwde luidspreker. Alles wat aan de andere kant van de lijn gezegd werd, was nu in de studio hoorbaar.

'En?' vroeg ik. 'Wat hebt u dan wel zien vliegen?'

'De lichten! Precies zoals in dat interview!'

Gek toch hoe mensen altijd de neiging hebben zich te herkennen in alles wat om hen heen gebeurt. Zelf had ik daar ook wel eens last van. Telkens als ik mijn horoscoop las, vond ik dat die wonderwel op mij van toepassing was. En bij een goed boek voelde ik me keer op keer net als het hoofdpersonage.

Ondertussen hoorde ik op de achtergrond mijn eigen stem: Een cirkelvormig, verblindend wit licht was het. Het hing misschien dertig meter boven de grond en moet een straal van wel twintig meter gehad hebben. Een witte gloed...

'Precies! Zo was het!' zei de vrouw aan de andere kant van de lijn. Haar radio stond dus nog altijd aan. 'Ik was in de buurt van de Romeinse heerweg en ik heb het ook gezien! Een verblindend licht en daarna iets als een gele bliksem. Een helgele flits!'

'Dan hebt u ongetwijfeld ook de lichtgevende letters in de lucht gezien?' probeerde ik.

Er volgde een korte stilte. En toen: 'Hoe bedoelt u?'

'De lichtgevende letters!' herhaalde ik. 'sos. U moet ze toch ook gezien hebben?'

'Nee...' klonk het aarzelend.

'In grote letters in de lucht! En het volgende ogenblik stortte de UFO naar beneden!'

'Maar er waren helemaal geen lichtgevende letters te zien!' zei de vrouw toen. Ze klonk nu een beetje geërgerd. 'Er was alleen een verblindend wit licht en daarna een gele bliksem. En toen ik naar de plaats liep waar die bliksem de aarde raakte, zag ik drie figuren staan.'

'En het geluid, hebt u het geluid dan niet gehoord?'

Het tijdstip kon niet beter gekozen zijn. Op de achtergrond was de UFO nu volop aan het crashen, oorverdovend suizend, sissend, dreunend en fluitend. Met daar nog een gillende alarmsirene bovenop.

Ik stelde me voor hoe de vrouw naar de radio luisterde. Zou ze dadelijk beweren dat het geluid haar vertrouwd in de oren klonk? Hoe ver kon je de mensen meeslepen in je fantasie?

Maar haar reactie was ontgoochelend. 'Dit is absurd! Dit geluid was helemaal niet te horen. Integendeel, het was muisstil! Dat maakte het juist zo beklemmend.'

'Maar weet u dan echt niet meer dat...?'

'Wat moet ik weten, hé?!' stoof de vrouw op. 'U probeert me allerlei woorden in de mond te leggen, nietwaar? Ik weet heel goed wat er gebeurd is. Een verblindend licht, een gele bliksem en toen op de plaats waar het licht de aarde raakte drie wezens in een glasachtige, paarse mantel. En daarmee basta!'

Tot mijn verbazing hoorde ik een droge klik. Ik keek naar Evert. Hij zat er ook wat beduusd bij.

'Dèt mens heeft nog meer fèntèsie dèn wij,' zei hij, onzeker glimlachend. 'Glazen mèntels! Hoe bedenkt ze het!'

'Doe nu niet of jij nergens wat van weet!' beet Raf hem nijdig toe.

Pas nu viel het me op hoe bleek Raf geworden was. Er lag als het ware een melkachtig waas over zijn gezicht. En zijn handen trilden.

'Wèt zeg je?' vroeg Evert.

'Dat je je niet van de domme hoeft te houden!' snauwde Raf. 'Ik heb ze gisteravond wel gezien, je ouders! Ze droegen mantels zoals de mevrouw aan de telefoon die beschreef! Doorschijnend en paars tegelijk! Als van glas!'

Stomverbaasd keek ik van Evert naar Raf en terug naar Evert. Toen rinkelde de telefoon opnieuw.

'Met Vrije Radio Bode?'

Een barse mannenstem ditmaal: 'Hou op met die nonsens! Ik heb ze ook zien landen en het gebeurde helemaal niet zoals in jullie snertprogramma verteld werd. Ze waren niet wit en ze leken ook niet op engelen. En ze hadden wél haren en oren en zelfs een neus! Jullie zijn leugenaars! Als de mensen moeten weten wat er echt gebeurd is, moeten jullie míj interviewen! Ik vertel tenminste de waarheid!'

Ik slikte. Evert scheen weinig interesse op te brengen voor het telefoongesprek. Hij liep zenuwachtig rondjes, als een leeuw in zijn kooi. Dat kon ook moeilijk anders: hij had niks kunnen horen. Ik drukte opnieuw het knopje van de luidspreker in.

'Als u uw eigen verhaal wil doen, mag u gerust eens naar de studio komen,' zei ik op een beminnelijk toontje.

Ik graaide haastig naar een pen en papier, om de naam en het adres van de man te noteren. Afgezien van kwis- en verzoekprogramma's gebeurde het maar zelden dat mensen spontaan naar de radio belden. Daar moest ik van profiteren. Als Carl me straks de huid volschold, kon ik hem tenminste vertellen dat ons programma, afgaand op de reacties van het publiek, een schot in de roos was geweest.

Maar de man voelde er niks voor om zijn verhaal voor de microfoon te doen. 'Om me belachelijk te laten maken, zeker? Engelen die woordjes schrijven in de lucht! Denk je nu echt dat ook maar iemand die nonsens gelooft?! Je zou je beter aan de feiten houden!'

'Maar dat wilden we juist proberen door u...' begon ik.

Op dat ogenblik merkte ik dat Evert opgehouden was met ijsberen en in de richting van de deur liep. Ik legde mijn hand over de hoorn.

'Evert?' vroeg ik. 'Wat ga je doen?'

'Een luchtje scheppen,' zei hij, en hij ging de studio uit.

'Typisch! Als de waarheid aan het licht dreigt te komen, zet hij het op een lopen!' smaalde Raf.

'Idioot!' zei ik. Tot overmaat van ramp had ik mijn hand ondertussen van de hoorn gehaald...

'Ah maar dat is het toppunt!' reageerde de man aan de andere kant van de lijn. 'Als jullie je luisteraars zo behandelen, hoeft het voor mij niet meer!' En er klonk een droge tik, bijna als het breken van een dorre tak.

'Kijk nu!' snauwde ik naar Raf. 'Jij met je stomme commentaar altijd!'

Maar Raf scheen me nauwelijks te horen. Hij was naar het grote raam gelopen dat de eigenlijke studio geluiddicht afsloot van de rest van het gebouw, en staarde naar buiten.

'Benieuwd of we hem ooit terugzien...' fluisterde hij.

'Waarom niet? Hij is gewoon een luchtje gaan scheppen, dat is alles. Het is hier trouwens om te stikken!'

Ik keek naar de thermometer aan de muur. 28°C!

'Moeten er rampen gebeuren voor je me eindelijk gelooft?' viel Raf tegen me uit. 'Je zegt wel dat je me gelooft, maar aan je reacties merk ik dat dat niet zo is. Je wil nog altijd niet onder ogen zien dat Evert een ET is die hier met zijn UFO is neergestort! Niet zoals hij het zelf in dat scenario beschreven heeft, maar zoals die vrouw en die man het gezien hebben: een verblindend wit licht, een gele bliksemflits en toen die drie wezens in hun vreemde kleren...'

'En vanmorgen had je het nog over verschrikkelijke monsters met bloeddoorlopen ogen!' spotte ik. 'Wat is het nu, Raf? Zijn het harige, gebochelde wezens of dragen ze integendeel een kristallen pakje?'

'Allebei,' antwoordde Raf nijdig. 'Everts ouders droegen de kleren die de mevrouw van daarstraks beschreef. Toen ik in de woonwagen probeerde binnen te dringen, zag ik de monsters.'

Ik haalde mijn schouders op. Als Raf dit meende, was hij rijp voor het gekkenhuis. Ik zweeg dus maar en luisterde weer naar het programma. De ufonauten waren net begonnen met hun doe-het-zelfapparaatjes de smeerboel op te ruimen, toen het rood aangelopen gezicht van Carl voor het raam verscheen.

'O-ow...' zei Raf op een toon die niet veel goeds voorspelde.

Het volgende ogenblik had Carl de deur van de studio al opengegooid. Ondanks de hitte had hij blijkbaar de hele weg gelopen. Zijn T-shirt plakte aan zijn lichaam.

'Het is maar een grapje, hoor!' lachte ik hem groentjes toe. 'We wilden Heerenbodegem eens iets laten beleven...'

Carl beende naar de cassetterecorder en zette die uit. Toen zakte hij neer op een bureaustoel. Hij moest wel flink van de kaart zijn, want hij nam niet eens de moeite om een cd'tje op te zetten. Ik greep dan zelf maar een willekeurig schijfje van een stapel. *Mijn lief eet zo graag corned beef.* Waarschijnlijk iets voor *Streekgerechten.* De foto van de zanger kon dienstdoen in een reclamecampagne voor een wondermiddel tegen puberpuistjes. Carl was zo ver heen dat hij zich niet eens meer stoorde aan het gekweel.

'Zo erg is het nu ook weer niet,' probeerde ik het goed te maken. 'We mogen toch eens lachen, zeker? Trouwens, we volgden alleen maar het voorbeeld van de beroemde Orson Welles...'

'Lachen?' reageerde Carl uiteindelijk. 'Noem jij dit láchen? Je zou eens naar buiten moeten komen. Het hele dorp staat in rep en roer! Iederéén heeft hier of daar wel rode ruimtemannetjes in glazen pakjes gezien!'

DE VERDWIJNING VAN DE UFONAUTEN
(RAF)

Gelukkig had Carl een beetje overdreven en leek het niet echt zo'n vaart te lopen. Hier en daar zag je een paar dorpelingen steels grinniken of samenzweerderig gniffelen, maar voor de rest viel het wel mee. En misschien was dat nog het ergste. Misschien had ik veel liever een enorme paniek zien uitbreken. Dan zouden de mensen zich tenminste bewust geweest zijn van het echte gevaar dat uit een totaal onverwachte hoek kwam.

De Muis, ja, die was in alle staten. De Muis was de enige journalist en fotograaf van De Heerenbode, een reclameblad waar ook plaatselijk nieuws in verscheen. Al viel er uiteraard nooit veel te melden in Heerenbodegem. De Muis was een stokoud heertje met een verfomfaaid hoedje op zijn hoofd. De spitse vorm van zijn gezicht en die paar schriele snorhaartjes hadden hem zijn bijnaam gegeven.

Hij kwam Eva en mij nog die dag interviewen in de studio van Vrije Radio Bode. Ik weigerde hem een interview toe te staan, maar Eva bleef het spelletje spelen, terwijl het nu toch duidelijk moest zijn dat het grapje stilaan uit de hand liep. In plaats van de problemen aan te pakken bleef ze zichzelf voorstellen als 'de ooggetuige'. Terwijl ík toch een veel echtere ooggetuige was dan zij.

Ik probeerde haar dat duidelijk te maken, maar ze was niet voor rede vatbaar. De enige die haar misschien op andere gedachten had kunnen brengen, was Carl. Maar Carl was op zoek gegaan naar Evert om hem de huid vol te schelden en hem te ontslaan als medewerker van Vrije Radio Bode. Ik had Carl gevraagd waar hij Evert hoopte te vinden, en hij had geantwoord dat die wel weer bij de woonwagen of bij de van op het kerkplein zou rondhangen.

Ik had Carl willen waarschuwen voor de 'vreemde levensvormen' die de woonwagen bevolkten, maar hij gaf mij daar de gelegenheid niet toe. Hij vertrouwde mij al even weinig als zijn zus, geloof ik. Nu ja, als hij zich een beroerte schrok, kon ik er ook niks meer aan doen. Ik had mijn best gedaan...

Hoe dan ook, de Muis raakte algauw door het dolle heen toen Eva hem het verhaal vertelde dat ze ook op de radio ten beste had gegeven. Ze speelde het bijzonder goed, moet ik toegeven. Als ik niet beter had geweten, was ik er ook van overtuigd geweest dat ze werkelijk een stelletje ufonauten bij de Duivelsputten had gezien.

'Dat dit mij nog mag overkomen!' kraaide de Muis verrukt. 'Op mijn ouwe dag!'

Hij was duidelijk in de zevende journalistieke hemel. In zijn troebele, waterige oogjes was een heilig vuur gaan gloeien.

'Schitterend!' piepte hij. 'Wat een verhaal! Wat een verhaal!'

'Komt het nu in de krant?' informeerde Eva.

'Wat dacht je, meisje? Jouw ontmoeting, jouw belevenis haalt de nationale pers! Wat zeg ik? Mijn reportage haalt wis en zeker de internationale dagbladen! Mijn foto's zullen prijken in glanzende tijdschriften, in dure boeken, in...'

Hij schudde ons ontroerd de hand.

'Bedankt! Bedankt voor jullie verhaal! Zo jong en al beroemd, maar toch eenvoudig gebleven! Wat een eer voor mij! Wat een genoegen! Wat een dag! Wat een verhaal!'

De volgende die zich meldde in de studio van Vrije Radio Bode was niemand minder dan de burgemeester van Heerenbodegem in eigen persoon. De Muis was nog maar net naar zijn donker hol vertrokken om zijn exclusieve interview uit te werken, toen burgemeester Baarneveld verscheen. Carl was nog altijd niet terug, en Eva stond al op het punt haar broer en Evert te gaan zoeken. Blijkbaar begon ze zich nu toch ook zorgen te maken over de verdwijning van Evert. Ik maakte mij, eerlijk gezegd, meer zorgen over de verdwijning van Carl.

Het was nog steeds drukkend warm. Onze goedmoedige, bolronde burgemeester hijgde, pufte en zweette zo hard dat je al een beroerte kon krijgen als je hem alleen nog maar bezig hoorde en zag. Maar voor de rest was hij best wel oké. Hij was een beetje tegen wil en dank burgemeester geworden. In zijn familie zat het burgemeesterschap immers in het bloed: je ging daar in de politiek van vader op zoon. Maar eigenlijk was hij veel liever gewoon de slager om de hoek gebleven, veronderstelde ik.

'Aha!' begroette hij ons. 'Wie we daar hebben! Jij bent toch het meisje dat de UFO gezien heeft, of heb ik het mis?'

'Ja, dat ben ik,' zei Eva. 'En dit is Raf. Hij heeft me geïnterviewd voor de radio.'

'Aha!' riep de burgemeester weer uit. 'Dan sla ik hier twee vliegen in één klap, nietwaar?'

Hij diepte een groezelige zakdoek uit zijn broekzak op en begon met veel omhaal het zweet van zijn voorhoofd te wissen.

'Je kijkt zo bedrukt, jongeman,' richtte hij zich toen tot mij. 'Nog altijd onder de indruk van het verhaal van je vriendinnetje, zeker?'

Ik vond dat er zo stilaan maar eens een duidelijke streep onder haar verhaal getrokken mocht worden. De burgemeester moest dringend gewezen worden op de gevaren die Heerenbodegem werkelijk liep. En misschien was dit het geschikte ogenblik om inderdaad twee vliegen in één klap te slaan: om eens en voor altijd komaf te maken met Eva's 'getuigenis' én

om de bevolking te waarschuwen voor Evert en zijn ouders en voor de 'vreemde levensvormen' in hun woonwagen.

Ik haalde dus diep adem en flapte eruit: 'Ik denk dat Eva u iets te bekennen heeft, meneer de burgemeester.'

Burgemeester Baarneveld leek mijn opmerking niet gehoord te hebben. 'Het was een mooi verhaal,' mijmerde hij. 'Een góéd verhaal ook. Een goed verhaal voor Heerenbodegem...'

'Wat bedoelt u daarmee, burgemeester?' vroeg Eva voorzichtig.

'Och,' antwoordde hij, 'laten we maar eens open kaart spelen, Eva... Jij en je vriend hier hebben dat verhaal verzonnen, is het niet?'

'Néé!' kwam ik snel tussenbeide. 'Ik heb er niks mee te maken! Eva heeft het samen met Evert verzonnen! Maar dat doet er nu niet toe! Het is Evert die u te pakken moet krijgen, burgemeester! En snel ook!'

'Ja... Jazeker,' knikte de burgemeester nadenkend. 'Ik zal zeker, zo gauw ik daar de kans toe zie, niet nalaten hem te feliciteren voor zijn aandeel in dit wonderbaarlijke verhaal...'

De boze blikken die Eva eerst in mijn richting had afgevuurd, veranderden plotseling in blikken van ongelovige verbazing. Haar mond zakte open, en de mijne ook.

'Ons dorp had zo'n UFO hard nodig, Eva,' ging de burgemeester verder. 'Dat hebben jij en je vriendje en Vrije Radio Bode heel goed begrepen. Geloof me, vroeg of laat móést er hier eentje landen. Wij moeten jullie dus erg dankbaar zijn voor de stunt die jullie hebben uitgehaald en die het onbetekenende Heerenbodegem in het brandpunt van de belangstelling zal plaatsen. Tegenwoordig is het nu eenmaal zo dat steden en dorpen leeglopen, als ze geen speciale aantrekkingskracht meer uitoefenen. Een dorp als het onze heeft pretparken nodig, luxueuze winkels, een druk uitgaansleven... Anders loopt het leeg en gaat het dood... Er gebeurt immers nooit wat... En daar hebben jullie handig op ingespeeld met dat verhaal van jullie...'

'Maar het is compleet verzonnen!' riep ik uit, happend naar adem. 'De werkelijkheid is dat Evert en zijn ouders...'

'Wat maakt het uit of dat verhaal nu verzonnen werd of werkelijk is gebeurd?' onderbrak de burgemeester me joviaal. 'Sommige mensen zullen het geloven en anderen niet. Die kunnen het nog altijd een goeie grap vinden. Maakt niks uit: de naam Heerenbodegem zal morgen tóch in alle kranten staan. En stel jullie eens voor, jongelui, wat zo'n UFO-geschiedenis voor ons dorpje zou kunnen betekenen... Zonovergoten cafeterrasjes, volgepropt met mensen die ook wel eens een UFO willen zien... Winkels waarin ET-popjes verkocht worden, of zakjes aarde van de plek waar de UFO neerstortte... Uitstapjes met een gids... Prentkaarten... Campings... De mensen zijn nu eenmaal dol op UFO's! Je moet het alleen deskundig aanpakken met een campagne in de pers en de nodige hulpmiddelen ter plaatse. Er moet een soort bedevaartsoord in het leven geroepen worden, met restaurantjes en moderne kunstwerken in de vorm van vliegende schotels. Eerlijk gezegd zie ik maar één probleem...'

'En dat is?' vroeg Eva met een hoog stemmetje.

Zíj zag dat krankzinnige plan van de burgemeester wel zitten, geloof ik. Zij zag ook al haar foto in alle kranten. Misschien droomde ze er zelfs van op de televisie te komen met haar verhaal. Maar ík vroeg mij af hoe de echte ET's daarop zouden reageren...

'Na een tijdje zullen de mensen hun belangstelling verliezen,' vervolgde de burgemeester sluw. 'Als er zich geen nieuwe feiten voordoen, bedoel ik. Zo zijn de mensen nu eenmaal. Ze zoeken altijd iets nieuws, iets origineels.'

'En dus zou er zo af en toe nóg eens een UFO in Heerenbodegem moeten landen,' fluisterde Eva samenzweerderig.

'Je zegt het!' glunderde burgemeester Baarneveld. 'Om de nieuwsgierigheid van de mensen levendig te houden, snap je?'

O ja, Eva snapte het maar al te goed, merkte ik. Nee, dit ging echt te ver. Ik móést de burgemeester dringend duidelijk maken dat we andere katten te geselen hadden. Rooie katten in paarse, glasachtige mantels, bijvoorbeeld. Waarom had ik de Muis niet meteen meegetroond naar de woonwagen van Evert? Dan zou hij wél anders gepiept hebben! Maar goed, daar was het nu te laat voor. Maar misschien was álles nog niet verloren. Als de burgemeester de 'vreemde levensvormen' in die vervloekte woonwagen met zijn eigen ogen te zien kreeg, zou hij zijn toeristische ideetjes gauw opbergen.

Ik wilde burgemeester Baarneveld dus net uitnodigen eens een kijkje te gaan nemen bij de woonwagen van Evert, toen de deur van de studio opengegooid werd en Carl naar binnen stormde. Hij zag er woest uit. Waarschijnlijk was hij zelfs zo kwaad dat hij niet eens opmerkte welke hooggeplaatste persoon zich in ons midden bevond.

'Waar is hij?!' brieste hij Eva toe.

Eva leek er enige moeite mee te hebben om zich aan weer een nieuwe situatie aan te passen. Ik denk dat ze nog in dromenland vertoefde, waar ze massa's toeristen rondleidde op de plek bij de Duivelsputten waar ze zogezegd ooit een UFO had gezien.

'Waar is wíé?'

'Evert!'

'Ben je bij de woonwagen gaan kijken?' vroeg ik.

'Natuurlijk!'

'En?'

'Die woonwagen staat er niet meer. En de *van* op het kerkplein is ook verdwenen.'

De burgemeester schraapte zijn keel. Pas op dat moment
werd Carl zich van zijn aanwezigheid bewust.

'O... meneer de burgemeester... Ik...'

De burgemeester stak zijn hand uit. 'Mag ik u feliciteren,
mijnheer!'

Carl liet zich de hand schudden en keek daarbij nogal idioot. 'Waarmee dan, meneer de burgemeester?'

'Met dat schitterende initiatief van Vrije Radio Bodel U bent
toch een van de verantwoordelijken van deze zender, niet?'

'Euh, ja... Jawel' stamelde Carl, totaal uit zijn lood geslagen.

'Gefeliciteerd, mijnheer!' zei burgemeester Baarneveld
warm. 'Ik heb uw jonge medewerkers, Eva en Raf, ook al pro-
ficiat gewenst met hun... verhaal. En ik heb het met hen gehad
over mijn verdere plannen in die richting.'

'Uw verdere plannen in die richting?' Carl liet zich op een
stoeltje vallen en keek ons niet-begrijpend aan.

'Jazeker! Jazeker! Maar er is blijkbaar een klein probleempje
gerezen, nietwaar?'

'Een klein probleempje?'

'Ja... Met Evert. Ook hij heeft meegewerkt aan jullie prachtige programma, of heb ik het mis?'

'Nee nee, burgemeester,' zei Eva snel. 'U slaat de spijker op
de kop. Het was zijn idee, en hij heeft ook de tekst geschreven
en de geluidseffecten verzorgd. Zonder Evert zou er geen
sprake geweest zijn van dat prachtige UFO-programma.'

Carl maakte een steeds verwardere indruk. Hulpeloos keek
hij van Eva naar de burgemeester en van de burgemeester
weer naar Eva. Ik had met hem te doen.

'Maar Evert is verdwenen...' ging de burgemeester ondertussen verder. 'En als wij dus een vervolg willen maken, zitten

wij met een klein probleempje...'

'Hoezo?' vroeg Eva.

Haar stem had een bange ondertoon gekregen.

Baarneveld richtte zich nu tot Carl, die nog steeds uitgeteld in zijn stoeltje hing. 'U zei daarstraks dat u Evert gezocht hebt bij een woonwagen en een bestelwagen op het kerkplein... Daaruit kon ik opmaken over wie u het eigenlijk hebt. En dat wij hem jammer genoeg niet meer in Heerenbodegem zullen terugzien...' Hij wendde zich weer tot Eva. 'Vandaar dat ik het in verband met een vervolg op jullie programma over een klein probleempje had...'

Eva stond de burgemeester verbluft aan te staren. 'Nu snap ik er niks meer van...' stamelde ze. 'Is Evert dan vertrokken? En waarom zouden we hem hier nooit meer terugzien?'

'O... Wist je dan niet dat de ouders van Evert kermisklanten zijn?'

'Kermisklanten?!' riep ik uit.

'Ja, ze trekken van stad naar stad met hun Sciencefiction Spookhuis.' Baarneveld glimlachte. 'Geen wonder dat Evert op het idee kwam een luisterspel over UFO's te maken. Hij hoefde de inspiratie niet ver te zoeken.'

'De woonwagen... een spookhuis?' mompelde ik.

Baarneveld knikte. 'Zijn ouders zijn nogal vreemde lui, want ze wónen ook in dat spookhuis van hen. En dat is best wel griezelig, hoor... Ik ben er eens op bezoek geweest, en ik kan je vertellen, Raf, dat ik me niet erg op mijn gemak zou voelen als ik de nacht moest doorbrengen naast dat harige, gebochelde ding dat ze daar in elkaar geknutseld hebben...'

Was dit mogelijk? Kon ik me dan zo vergist hebben? Was mijn verbeelding, door de toch wel bijzondere omstandigheden, zo erg op hol geslagen dat ik niet langer het onderscheid kon maken tussen poppen uit een spookhuis op de kermis en 'vreemde levensvormen'? Nee, ik kon het niet geloven. En toch... De burgemeester had de harige en gebochelde vreemde levensvorm blijkbaar óók met zijn eigen ogen gezien, en hij leek er in ieder geval niet zo erg van onder de indruk te zijn gekomen als ik...

Eva leek ondertussen door iets heel anders van de wijs te zijn geraakt. 'Maar u hebt nog altijd niet gezegd of Evert vertrokken is en waarom wij hem hier nooit meer zouden zien!' riep ze met een gekwelde uitdrukking in haar ogen uit.

'O ja, het spijt me,' antwoordde Baarneveld, 'maar ik ging ervan uit dat jullie daar al van op de hoogte waren. De ouders van Evert waren alleen maar op doorreis in Heerenbodegem. Ze hadden een vergunning aangevraagd om een paar weken met hun woonwagen op die open plek bij het bos te mogen staan... Ik denk dat ze nu wel weer vertrokken zijn... De moeder van de jongen is een Engelse, en zijn vader sprak erover om eens een tournee door Engeland te maken...'

DE VERENIGING VAN DE VLIEGENDE SCHOTEL
(EVA)

Hoe de burgemeester het precies klaarspeelde, weet ik nog altijd niet, maar terwijl er in de kranten inderdaad artikels begonnen te verschijnen over 'de UFO's van Heerenbodegem', moet hij achter de schermen wel heel actief geweest zijn.

De veldwachter werd ingeschakeld, en die zette een grootscheepse speurtocht op het getouw met de jongens en meisjes van jeugdbewegingen. Je wist maar nooit of er niet ergens een ufonaut met zijn parachute in de kruin van een hoge boom verstrikt was geraakt.

De veldwachter en de meisjes en jongens doorzochten stallen en schuren, weekendhuisjes en autowrakken. Ze ploeterden door sloten, klommen in bomen en doorploegden weiden en velden. Maar afgezien van een vrijend koppeltje werd niets verdachts aangetroffen op het grondgebied van Heerenbodegem.

Het Sciencefiction Spookhuis van Evert en zijn ouders mocht dan als in rook opgegaan zijn, een paar dagen later verschenen een draaimolen, een schiettent en een oliebollenkraam op het kerkplein van Heerenbodegen. Die had de burgemeester laten aanrukken.

De eigenaar van de Duivelsputten kwam op het idee om de plek waar ik zogezegd een UFO had zien crashen 'toeristisch uit te baten'. Hij zette een afsluiting om die plek, pootte een tafeltje en een stoeltje bij de ingang neer en ging daar zitten met een bordje waarop te lezen stond dat je vijftig frank moest betalen als je de plek wilde bezichtigen waar ooit een UFO was neergestort. Hij had het bandje van onze uitzending opgevraagd bij Carl en een stuk of wat luidsprekers in de bomen gehangen. Het bandje werd daar nu een godganse dag gedraaid, zodat eventuele bezoekers zich een beetje konden inleven in de sfeer.

Ik hoef er waarschijnlijk niet bij te vertellen dat Carl ondertussen helemaal niet kwaad meer op me was. Nadat hij de felicitaties van de burgemeester in ontvangst had genomen, was zijn stemming helemaal omgeslagen. Hij vond nu dat hij wat te hard van stapel was gelopen en dat Evert, Raf en ik het hoe dan ook schitterend hadden aangepakt.

Mij liet het allemaal koud. Evert was weg. Naar Engeland. Hij was vertrokken met de mededeling dat hij 'een luchtje ging scheppen', en ik zou hem nooit meer zien. Hij had niet eens afscheid van me genomen. Ik begreep het niet. Was ik werkelijk verliefd op hem geworden? Liefde maakt blind, beweerde men. Had ik in mijn blindheid dan niet gezien dat ik hoegenaamd niets voor hem betekende?

Maar dan nog... Je moest wel een heel gevoelloos wezen zijn, dat je zonder uitleg en zonder fatsoenlijk afscheid te nemen iemand die zich toch als een vriendin beschouwde zomaar achterliet. Ik snapte er niks van. Evert wás zo niet. Het moet hem op een of andere manier onmogelijk geweest zijn nog afscheid van me te nemen. Misschien wist hij niet eens dat ze die dag zouden vertrekken. Maar waarom had hij me nooit verteld dat ze kermisklanten waren en dat ze op het punt stonden een tournee door Engeland te maken? Schaamde hij zich omdat zijn ouders 'maar' kermisklanten waren? Nee, dat leek me ook niks voor Evert. Hij probeerde allerminst te verbergen dat hij een vreemde snuiter was. Waarom zou hij er zich dan voor schamen dat zijn ouders dat ook waren?

Raf hield me keer op keer voor dat hij het me voorspeld had, die dag in de studio, toen we daar het bezoek kregen van de Muis en burgemeester Baarneveld. Evert ging een luchtje scheppen en wij zouden hem nooit terugzien. Raf had het inderdáád gezegd, dat herinnerde ik me maar al te goed. Maar ik wilde er helemaal niet meer aan herinnerd worden en kon zijn commentaar nu wel missen als de pest. Hij noemde mij een 'goedgelovig gansje', maar hoe moest ik hém dan noemen? Hij had in de poppen van het Spookhuis 'vreemde levensvormen' gezien! En in Evert en zijn ouders regelrechte ET's in plaats van de wat eigenaardige kermisklanten die ze in werkelijkheid waren.

Voor de rest was het wel zo dat ik Rafs reactie tenminste kon begrijpen, en die van Evert niet. Raf was gewoon jaloers op het goede contact dat ik met Evert had gehad. Die avond in het maanlicht hadden wij gepraat over onze dromen, over de dingen die in je verbeelding gebeuren, die je in je dagboek neerschrijft. Evert had me bekend dat ook hij een dagboek bijhield, waarin hij zijn geheimste gevoelens neerpende. Zo dicht had ik nooit bij Raf gestaan, en daarom was Raf jaloers op Evert. En die reactie van Raf kon ik begrijpen, terwijl ik er onmogelijk bij kon dat Evert mij op zo'n botte manier in de kou had laten staan.

Die eerste dagen nadat mijn verhaal in de kranten was verschenen, was ik een heuse Bekende Vlaming. Maar dat interesseerde mij geen barst. Ik genoot er niet van. Het ging allemaal aan mij voorbij, want mijn hart was bij Evert, en Evert was weg.

In het begin kwamen er trouwens maar weinig nieuwsgierigen van buiten Heerenbodegem opdagen. De kinderen uit het dorp vermaakten zich nog het best, geloof ik. Zij zullen die onverwachte kermis wel een prachtidee gevonden hebben. Mij liet het allemaal koud.

Tot op dat ogenblik hadden de dorpelingen de hele heisa monkelend bekeken, zoals mijn ouders ook mij bekeken, als ze hun splinternieuwe BV in de zon zagen liggen mokken omdat Evert er zomaar tussenuit geknepen was. Maar toen de dorpelingen begonnen te beseffen dat er winst te halen viel uit dat UFO-zaakje, sloeg de stemming om.

De waard van het dorpscafé De Flierefluiter verhuurde de kamers boven zijn gelagzaal aan de eerste toeristen. Zelf trok hij met zijn gezin bij de buren in. Mijnheer pastoor zette de deuren van zijn pastorie wagenwijd open en toen was het hek van de dam. Her en der begonnen dorpelingen hun rommelhokken in te richten als hotelkamers. De kruidenier breidde zijn winkeltje uit tot een heuse superette. Een paar boeren verhuurden hun weiden en schuren aan kampeerders.

Op een aantal gevels verschenen als uit het niets aanplakbiljetten met een geheimzinnige tekst: *De Goden zijn Buitenaardse Wezens die in een Vliegende Schotel zijn teruggekeerd!* Het leek erop dat die aanplakbiljetten het teken vormden voor de UFO-gekken om nu massal af te zakken naar Heerenbodegem.

De Vereniging van de Vliegende Schotel wilde een viering houden bij de Duivelsputten, ter herdenking van de ufonauten die daar waren verongelukt. Burgemeester Baarneveld liet politieversterking aanrukken, want hij vreesde moeilijkheden met die halve garen. De voorzitter van de Vereniging van de Vliegende Schotel had hem verzocht de kermis op het kerkplein stil te laten leggen en een minuut stilte in acht te nemen. Baarneveld was op die vraag ingegaan. De leden van de vereniging mochten ze dan niet alle vijf op een rijtje hebben, hun viering zou een toeristische trekpleister van formaat worden, vermoedde hij. En hij kreeg gelijk.

Waar de mensen vandaan bleven komen, was mij een raadsel. Mannen en vrouwen, kinderen en oudjes... De leden van de vereniging droegen die dag allemaal lange witte gewaden en trokken in een indrukwekkende optocht door de straten van Heerenbodegem naar de Duivelsputten. Vooraan liepen enkele muzikanten, die in een slaapverwekkend ritme op ezelsvellen trommelden. Cimbalen strooiden zilveren klanken over de hoofden van de aanwezigen. Achter hen stapten mannen en vrouwen op, die zacht en plechtig, steeds op dezelfde toonhoogte, één enkele klank neurieden: 'Oooommm... Oooommm... Oooommm...'

Dat steeds herhaalde, eentonige gezang had iets hypnotiserends. Het werkte sterk op je verbeelding in. Als UFO's een geluid maakten, dan moest het wel erg lijken op dat bezwerende 'ooommm...' dat nu door de straten van Heerenbodegem galmde, dacht ik.

Bij de Duivelsputten aangekomen, vormden de leden van de vereniging een grote kring op de plek waar zij veronderstelden dat ik getuige was geweest van de crash van de UFO.

Ze hadden me gevraagd of ik aan de viering wilde deelnemen, maar ik had feestelijk bedankt. Ik wilde alleen gelaten worden met mijn verdriet om Evert. Maar Raf had me zover gekregen dat ik toch met hem naar de Duivelsputten ging. Hij dacht dat het me goed zou doen als ik eens onder de mensen kwam. 'Dan kun je nog eens lachen,' had hij gezegd.

Het was inderdaad een grappig gezicht. Maar tegelijk was het indrukwekkend: al die mannen en vrouwen, al die jongens en meisjes in hun witte gewaden, hand in hand en 'oooommm...' neuriënd om de gesneuvelde ufonauten te herdenken. Buiten die kring, een beetje verbijsterd maar bovenal nieuwsgierig, stonden de toeschouwers die nog geen lid waren van de Vereniging van de Vliegende Schotel.

De voorzitter van de vereniging, gekleed als een hogepriester, verbrak de gesloten kring en schreed waardig naar het middelpunt van de cirkel. Hij hief zijn handen in de hoogte

als om een zegen van boven af te smeken. De muzikanten leg-
den hun instrumenten neer en het gezang stierf langzaam uit.
Het werd doodstil.

Maar nog vóór de hogepriester iets had kunnen zeggen,
verbrak een scherpe kreet de gewijde stilte: 'Daar! Dáár!!!'

Het klonk hysterisch. Ik keek naar boven en zag alleen een
stralende zon aan de strak blauwe hemel staan. Maar de kreet
werd door talloze anderen overgenomen, en iedereen begon
nu naar boven te kijken. Zelfs de politiemannen die Baarneveld ijlings had opgetrommeld om zijn enc veldwachter de
nodige assistentie te verlenen, zetten hun képie af en brachten
hun hand boven hun ogen om niet verblind te worden door
het zonlicht, en om een glimp van de UFO op te vangen. Want
er was wel degelijk iemand geweest die dacht een UFO gezien
te hebben...

Ik weet nog altijd niet of de Vereniging van de Vliegende
Schotel het zo gepland had... Eerst een reeks indrukwekkende
voorbereidingen en toen die kreet. Of was een van de leden
van de vereniging in trance geraakt en dacht hij of zij werkelijk een UFO gezien te hebben?

Raf en ik speurden de hemel af, maar zagen niets bijzon-
ders. Of toch... Even... Een gloeiende, oranjerode bol die
zachtjes heen en weer wiegde in de blauwe lucht...

'Zie jij 'm ook, Raf?'

'Ik zie niks.'

Kreeg die gespannen sfeer van verwachting nu ook mij in
zijn macht?

Iemand gilde: 'De UFO's komen!'

Ik kneep mijn ogen stijf dicht. Het beeld van die bol bleef
op mijn netvlies dansen. Waarschijnlijk had ik te lang in de
zon staan staren. Hoe dan ook, de kring werd nu verbroken
en mensen begonnen zenuwachtig heen en weer te rennen,

turend naar de wolkenloze hemel. Sommigen botsten tegen elkaar op, anderen struikelden en vielen.

Enkele leden van de vereniging begonnen opnieuw zacht te zingen: 'Ooommmm... Ooooommmm... Oooooommm-mm...'

Hun bezwerende gezang vermengde zich met de opgewonden kreten van mensen die een UFO dachten te zien. Het was perfect: beeld en geluid vielen samen. Als je maar je best deed en lang genoeg in de zon keek, kon je echt iets zien dat op een UFO leek, al was het heel slecht voor je ogen. En je kon die UFO nu ook horen. Alleen waren het menselijke stemmen die het zacht zoemende geluid van een UFO nabootsten.

Toen vielen enkele mensen flauw. Ze dreigden vertrapt te worden door de hysterische UFO-fanaten. De burgemeester moest politieversterking vragen. Nieuwe manschappen, die niet gehypnotiseerd waren door de vreemde, onaardse muziek en het bezwerende gezang, bestormden het terrein.

'Ze willen de viering saboteren!' schreeuwde de voorzitter van de vereniging.

Een vrouw lachte schril. 'Ze willen niet dat wij de UFO's zien!'

'Ze willen de waarheid niet zien!' riep weer iemand anders uit.

'Kom,' zei Raf, en hij haakte zijn arm in die van mij. 'We gaan.'

Op veilige afstand keken we toe hoe de politie de plek ontruimde. De Muis maakte als een razende foto's, tot hij onder de voet gelopen werd. Er kwamen ziekenwagens met loeiende sirenes aangereden.

De leden van de vereniging sloegen op de vlucht en troepten samen op het kerkplein. Het kwam tot relletjes. Er verschenen overvalwagens en waterkanonnen op het anders zo rustige kerkplein. De leden van de vereniging verschansten zich in het spiegelpaleis, tussen de botsautootjes, achter de schiettent. Ze verdedigden zich met de speelgoedwapens die je kon winnen als je voor zeshonderd punten eendjes uit het water had gevist. Ze gooiden met suikerspinnen. De politie viel aan. Er brak paniek uit. En Raf en ik namen ook daar de benen...

GROETJES UIT ANDROMEDA
(RAF)

'We moeten ze de waarheid vertellen, Eva,' zei de burgemeester, toen we met z'n allen in de VRB-studio zaten te bekomen van de rellen die Heerenbodegem op zijn kop hadden gezet. 'We moeten ze de waarheid vertellen: dat het een verzinsel is, van die UFO's. Anders loopt het uit de hand.' Hij wendde zich tot Carl. 'Ik heb al een officiële verklaring opgesteld, waarin ik de bevolking erop wijs dat het hele UFO-verhaal niet meer dan een geslaagde aprilgrap van Vrije Radio Bode is, en dat er dus geen reden is tot paniek.'

'Een aprilgrap in augustus,' mompelde ik.

'Dat zal die UFO-fanaten wel doen inzien dat ze hier niets meer te zoeken hebben,' vervolgde Baarneveld. 'Zou ik die verklaring mogen voorlezen door de microfoon van Vrije Radio Bode? Tenslotte is het hier allemaal begonnen...'

'Tuurlijk,' zei Carl. 'Ga uw gang, meneer de burgemeester.'

En de burgemeester las zijn verklaring voor, waarna Eva benadrukte dat het inderdaad neerkwam op een aprilgrap in augustus.

En dat was dat. Dachten we.

Ons dorpje stond nog tot begin september op stelten. Opstootjes, chaos, verwarring, onrustige nachten, nieuwe golven UFO-gekken. Zelfs de burgemeester kreeg het aardig op zijn heupen. Iedereen lachte zijn officiële verklaring immers weg.

'Zie je wel!' zeiden de mensen. 'Als de burgemeester zegt dat er niks aan de hand is, dan zal er wel wat loos zijn. Hij probeert ons alleen maar te sussen, zodat er geen paniek zou uitbreken.'

En aan de mededeling van Eva, dat het hele UFO-verhaal een verzinsel was, een stunt van Vrije Radio Bode, werd niet het minste geloof geschonken.

'Arm meisje!' zeiden de mensen. 'Ze zal wel onder druk gezet zijn door de burgemeester om haar moedige getuigenis in te trekken.'

Zo ging de vakantie voorbij. We hadden ons niet verveeld. In Heerenbodegem leek niets meer te zullen worden zoals vroeger. Eva treurde om Evert, hoe ik ook mijn best deed om haar op te beuren.

Toen verscheen in alle kranten het bericht dat in Frankrijk op verschillende plaatsen zwermen UFO's waren gesignaleerd. De dag daarop begon de massale uittocht van de UFO-gekken uit Heerenbodegem. Nog voor het oktober was, waren de rust en de stilte in ons kleine dorpje teruggekeerd...

Begin november deden zich nog twee merkwaardige gebeurtenissen voor, die Eva vast en zeker opgetekend zal hebben in haar geheime dagboek.

Ten eerste had Carl nog tijdens de UFO-gekte het bandje van ons beroemde programma aan een of andere UFO gek gegeven. Die had de geluidsfragmenten op het bandje laten onderzoeken door een deskundige. En deze meneer had Carl nu een brief geschreven, waarin hij wist te melden dat bepaalde geluidsfragmenten toch wel heel bijzonder waren.

'Ze bevatten namelijk elektro-akoestische en magnetische signalen zoals geleerden van de NASA die wel eens gebruiken in hun pogingen om contact te krijgen met eventueel intelligent buitenaards leven,' schreef de deskundige.

De NASA was een instelling die zich bezighield met het Amerikaanse ruimtevaartprogramma, wist ik. Iets heel anders dan de Vereniging van de Vliegende Schotel dus.

Ik kon het niet geloven, maar ik moest wel. Als die knappe koppen van de NASA het zeiden, zou het wel waar zijn. De *spacemuziek* van Evert, waarvan ook een staaltje in ons hoorspel was verwerkt, bleek niets anders dan signalen waarmee men contact zocht met buitenaardse wezens... Had Evert dan toch gebruik gemaakt van de radio om signalen naar zijn thuisplaneet te zenden, met de boodschap dat zij gecrasht waren en hier opgepikt konden worden? Waren Evert en zijn ouders dan toch geen kermisklanten geweest? En wat ik had gezien bij de woonwagen... Was een spookhuis geen perfecte dekmantel voor 'vreemde levensvormen'?

Eva kon het evenmin geloven, maar ook zij zwichtte uiteindelijk. Dat gebeurde uiteraard op een manier die typisch is voor meisjes. O ja, ik wist wel hoe zij in elkaar zat. 'Beter een ET die hier op aarde is gecrasht en die onverwachts door zijn soortgenoten weer wordt opgepikt, dan een botterik die er zomaar tussenuit knijpt, zonder een woordje uitleg, zonder zelfs maar afscheid te nemen,' zei ze.

En dan was er dus nog iets, en ook dat gebeurde in november.

Er viel namelijk zomaar ineens een kaartje in Eva's brievenbus. Ze liet het mij zien, als om mij ervan te overtuigen dat ze het altijd bij het rechte eind had gehad.

'Ik wist het,' fluisterde ze. 'Ik wist dat Evert niet zo was. Vroeg of laat zou hij van zich laten horen, om zo zijn overhaaste vertrek te verklaren.'

Het kaartje was enkele dagen eerder gepost. Zoals elk normaal vakantiekaartje was ook dit exemplaar voorzien van een postzegel en een poststempel. Minder normaal was dat de postzegel de Andromeda Nevel voorstelde, en dat de poststempel ook al van Andromeda sprak.

Voor de rest viel er op het kaartje een sciencefictionachtig

landschap te bewonderen, met heel in de verte uiteenspatten-
de sterren in een blauwzwart heelal, en op de voorgrond het
wrak van een ruimteschip, gehuld in rode nevelslierten. *Groetjes uit de Andromeda Nevel*, stond erop gedrukt.

Op de achterkant was in onhandige hanenpoten de volgende tekst geschreven:

Evè (& Rèf ook),

Sorry. Slaagde er niet meer in op een gepèste mènier èfscheid vèn jullie te nemen.
Maar dèt komt er ooit nog wel eens vèn, let op mijn woorden! Veel liefs, groetjes
aan Rèf en een kusje voor Evè,

ET